KB062954

피아노에 몹시   진심입니다만,

피아노에 몹시 진심입니다만,

고독한 방구석 피아니스트들을 위하여

2023년 3월 31일 처음 찍음

지은이 임승수
펴낸곳 도서출판 낮은산
펴낸이 정광호 | 편집 강설애 | 제작 정호영
출판 등록 2000년 7월 19일 제10-2015호
주소 04048 서울시 마포구 어울마당로5길 16 반석빌딩 3층
전화 02-335-7365(편집), 02-335-7362(영업) | 팩스 02-335-7380
홈페이지 www.littlemt.com | 이메일 littlemt2001ch@gmail.com | 트위터 @ littlemt2001hr
제판·인쇄·제본 상지사 P&B

ⓒ 임승수 2023

ISBN 979-11-5525-162-1 03810

피아노에 몹시 진심입니다만,

고독한 방구석
피아니스트들을

위
하
여

임 승 수
에 세 이

낮은산

프롤로그: 피아노를 만나는 온도

0℃

내가 피아노를 처음 만난 때는 언제였을까? 알다시피 인간의 기억은 그리 신뢰할 만한 것이 못 되는 데다가 지금으로부터 약 40년 전 일이니, 이럴 때 필요한 것이 객관적 증거다. 마침 임승수라는 인물과 관련해서는 조선왕조실록 이상의 사료 가치가 있는 초등학교 일기장이 남아 있어 면밀하게 검토했다. 그 과정에서 발굴한 기록이다.

1981년 8월 4일 화요일, 당시 나는 초등학교 1학년이었다. 부모님이 피아노 학원에 보낸 이유는 교육적인 목적이 컸다. 나는 워낙 산만한 아이였다. 피아노를 배우면 집중력이 향상되지 않을까 싶었을 테고, 양손을 고루고루 사용해서 두뇌 발달에 좋다니 또 거기서 기대하는 바가 있지 않았을까. 성인이 되어서는 취미로도 즐길 수 있으니 풍류 있는 삶을 영위하는 데에도 좋고.

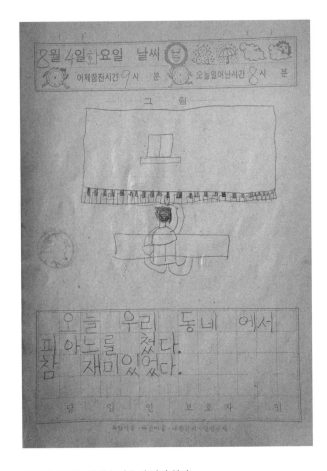

1981년, 피아노 학원을 처음 간 날의 일기.

일기를 쓴 당사자로서 고백하자면, 본문의 '참 재미있었다'는 명백한 거짓이다. 나는 얼마 지나지 않아 피아노 학원을 그만두었다. 한시도 가만히 못 있고 부산하게 돌아다니며 사소한 것에도 웃음보가 터지는 호기심 덩어리에게, 다소곳이 앉아 손가락만 까딱거리는 피아노 연습은 좀이 쑤시고 주리가 틀리는 일이었다. 건반을 눌렀을 때 흘러나오는 음향이 딱지놀이보다 흥미로웠다면야 얘기가 달라지겠지만, 당시에는 전혀 그렇지 않았다.

사정이 그러한데 왜 '참 재미있었다'라는 문장을 썼을까? 알다시피 예나 지금이나 초등학생의 프라이버시는 전혀 존중받지 못한다. 일기장은 교사와 부모의 공유재다. 아무리 천둥벌거숭이라지만 초등 1학년이면 대체로 2000일 이상을 살아온 셈인데, 그 정도 눈칫밥이면 일기장에 본심을 적어서는 안 된다는 정도는 안다. '참 재미있었다'라는 구절은 보통의 사회화 과정을 거쳐 형성된 처세술의 결과였다. 직장인의 언어로 번역하자면 '회사 생활 괜찮아요'고, 소개팅 후기라면 '상대분이 착하신 것 같더라고요' 정도의 느낌이겠지.

99℃

아무튼 첫 만남 이후 우리는 빛의 속도로 멀어졌다. 과연 상대를 만난 적은 있었나 싶을 정도로 찰나의 순간이었다. 그렇게 피아노는 내 인생에서 자취를 감춘 듯했으

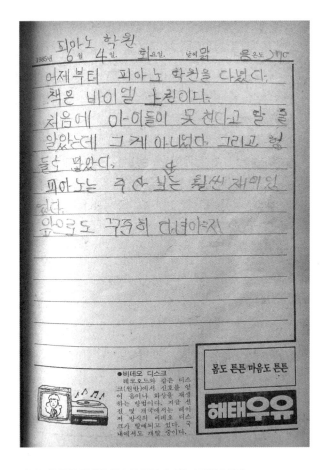

피아노 학원

1985년 6월 4일. 화요일. 날씨 맑 온온도)℃

어제부터 피아노 학원을 다녔다.
책은 바이엘 노란이다.
처음에 아이들이 못 친다고 말을
알았는데 그게 아니었다. 그리고 형
들도 많았다.
피아노는 축 손 놓는 훨씬 재미있
었다.
앞으로도 꾸준히 다녀야지

피아노를 향한 진심의 싹수를 엿볼 수 있는 1985년 일기.

나, 1985년 6월 4일 일기장에는 왼쪽과 같은 기록이 남아 있다.

역시 초등 5학년의 일기에는 상병 말호봉의 관록이 있다. 각 잡힌 모포 같은 1학년 일기와는 다르게 글씨체에 여유가 있고, 누가 보든지 말든지 쓸 건 쓴다는 되바라짐도 엿보인다. 이 길지 않은 일기에는 생각보다 많은 정보가 담겨 있다. 우선 피아노 학원을 다시 다니게 된 구체적 날짜다. '어제부터'이니 1985년 6월 3일이다. 교재는 예상대로 바이엘 상권으로 시작했음을 알 수 있다.

'처음에 아이들이 못 친다고 할 줄 알았는데 그게 아니었다. 그리고 형들도 많았다.'

이 구절은 분석하면 다음과 같다.

5학년이 되어 뒤늦게 피아노를 배운다. 어릴 때부터 배운 또래들은 나보다 훨씬 잘 친다. 초등 1학년이나 치는 바이엘 상권으로 쩔쩔매면 모양 빠진다 싶다. 하지만 바이엘 상권 치는 형님들을 발견하고 급속도로 안심이다. 내 밑을 깔아 주는 사람들이 있다는 걸 확인하고 나니 마음이 편해진다.

주산 학원에 흥미를 느끼지 못했다는 내용도 있다. 그래, 생각난다. 멀쩡한 전자계산기가 있는데 왜 청동기 시대 유물 같은 도구로 셈을 하나 싶었고, 주판으로 정수리

부분에 가해지는 드르륵 긁는 형태의 체벌도 고통스러웠다. 초등학생에게 도구를 이용한 고문이라니! 학교에서도 학원에서도, 참으로 야만의 시대였다.

어쨌든 1985년 6월 3일의 등원은 의미가 남달랐다. 내가 먼저 피아노 학원에 다니겠다고 천명했기 때문이다. 부모님도 갑작스레 애가 무슨 일인가 싶었단다. 동기부여가 된 구체적인 계기는 기억나지 않는다. 하지만 5학년이나 된 머슴아가 바이엘 상권부터 치는 거시기함을 무릅쓸 때는, 이유 여하를 막론하고 피아노에 진심인 것이다. 당시 나는 피아노를 잘 치고 싶다는 향상심으로 가득 차 있었다.

그 향상심 덕분인지 진도는 다소 빠른 편이었다. 그렇다고 재능 운운할 상황은 아니었다. 음악이나 스포츠는 다른 분야보다 조기교육이 중요한데, 이제야 바이엘 상권을 시작하니 한계가 있을 수밖에 없었다. 하지만 아이가 말문이 트이듯 음악의 단어, 문장, 어법에 익숙해지면서 급속도로 그 매력에 빠져들었다. 취향을 제대로 저격하는 음악을 들으면 목뒤 쪽으로 전기가 오르는 듯한 짜릿함이 느껴지고 감정적으로 고양되었는데, 그 육체적·정신적 변화가 무척 신기했다. 만화책, 공기놀이, 딱지치기, 땅따먹기로는 느낄 수 없는 기묘한 체험이었기 때문이다. 지금이야 잘 계획되고 조직된 외부 소리 자극에 의해 야기된 뇌 속 도파민 분비 증가 때문이라고 이해하겠지만 말이다.

꾸준히 학원에 다니고 실력이 향상되면서 연주할 수 있는 곡이 늘어났고, 음악에 대한 이해도가 높아지면서 새로운 욕망 하나가 꿈틀거리기 시작했다. 바로 창작욕. 내가 베토벤, 모차르트, 바흐의 음악을 듣고 짜릿함을 느끼듯이, 누군가가 내 곡을 듣고 격렬한 도파민 분비로 인한 전율과 감동을 체험한다면? 상상하는 것만으로도 기분이 최고였다. 그때부터 그럴싸한 선율이 떠오르면 악보에 적어 놓게 되었다.

중학교에 진학하고 사춘기의 영향인지 창작욕은 더욱 비대해졌다. 이 세상에 존재했다는 증거를 음표로 남기겠다는 열망으로 불타올랐다. 마침 어버이날 맞이 교내 작곡대회가 열렸는데, 거기에 곡을 출품해 금상(최고상)을 탔다. 이 일이 계기가 되어 학교 대표로 1988년 제물포 예술제 전국음악경연대회 작곡 부문에 참가했다. 대회 현장에서는 '뱃노래'라는 시가 가사로 주어졌는데, 제한 시간 안에 피아노 반주가 딸린 노래를 작곡해 제출해야 했다. 나는 마치 닳고 닳은 수험생인 양 출제자 의도 파악에 들어갔다.

'도대체 심사위원들이 왜 뱃노래라는 시를 제시했을까? 보아하니 이탈리아 베네치아 뱃놀이는 아니고 우리나라 어부 얘긴데, 그렇다면 서양 7음계가 아니라 전통 5음계로 가는 게 맞겠지. 뱃사공들이 파도를 타고 넘실넘실 노 젓는 모습을 멜로디로 형상화할 필요가 있겠어. 피

아노 반주는 국악 장단을 살리자. 덩기덕쿵덕, 이런 식으로 말이야.'

　나름의 분석을 마친 후 순식간에 16마디의 멜로디를 쓰고 피아노 반주를 만들었다. 참가자 중 제일 먼저 곡을 제출하고 대회장을 빠져나왔다. 오래전 일이라 가사와 피아노 반주는 기억 안 나지만 어쩐지 멜로디만은 지금까지도 머릿속에 생생하게 남아 있다. 아래 악보가 그 뱃노래다.

　대회 장소를 떠나 집으로 돌아오는 전철 안에서 어머니에게 "아마 대상 탈 거예요"라고 말했다. 주최 측의 의도에 완벽하게 부합하는 곡을 썼다는 확신에서였다. 그런 내 판단을 알 리 없는 어머니는 무슨 뚱딴지같은 소리인가 싶었다는데, 나중에 대상 수상 소식을 전해 듣고 무척 놀랐다고 한다. 물론 그런 오만방자한 얘기는 부모님한테

만 했지만, 어쨌든 당시의 나는 중
학생치고는 꽤나 당돌했다.

  상황이 이쯤 되니 부모님도 방관할
수만은 없어서, 부모와 자녀가 의기투합
해 예술고등학교 진학을 목표로 하기에 이
른다. 수소문 끝에 작곡가 선생님을 소개받아
기초적인 화성법을 배우며 4성부 베이스, 소프라
노 문제를 풀곤 했는데, 이게 의외로 수학과 비슷한 구
석이 있어 수학 문제 푸는 걸 좋아하는 나의 취향과 잘 맞
았다. 소품을 작곡하고 선생님으로부터 품평을 들을 때마
다 작곡가라는 목적지에 한 발짝 다가서는 느낌이었다.
  하지만 예술고등학교 입시를 구체적으로 준비할수록
새로운 고민이 스멀스멀 자라났다. 경쟁자들보다 늦게 시
작해서 피아노 실력이 부족한 부분도 신경 쓰였지만, 설
사 성공적으로 예고에 진학한다손 치더라도 너무 이른
나이에 진로가 결정되는 것에 대한 불안감이 컸다. 막상
예고에 진학했는데 나중에 다른 분야가 더 좋아지면? 그
것도 보통 골치 아픈 일이 아니겠다 싶었다. 결국 고민하
다가 예고 입시 준비를 접고 인문계 고등학교로 진학했
다. 상황을 요약하자면 1985년 6월 3일 이후 음악 열정 온
도가 급상승했으나 비등점인 100°C에는 이르지 못하고
99°C에서 훅 꺾인 셈이다.

36.5℃

어느덧 시간은 흘러 1993년에 대학생이 되었다. 향후 전망이 좋다기에 별생각 없이 전자공학을 전공으로 선택했다. 간혹 집에서 피아노를 뚱땅거리기도 했지만 이내 그 횟수가 줄어들고 자연스럽게 피아노와는 멀어졌다. 어느덧 학·석사 학위를 받고 연구원으로 취직도 했다. 남은 인생은 직장인으로 무탈하게 살면 되겠건만, 세상일이 어디 그렇게 예측대로 흘러가던가. 대학 시절 마르크스의 《자본론》을 접한 충격의 여파가 가시지 않아 전공이고 연구원 생활이고 다 때려치우고 마르크스주의 책 쓰는 사회과학 작가로 전향했다. 어차피 이렇게 될 건데, 예술고등학교 진학을 포기한 건 역시 탁월한 선택이었다.

좌파 사회과학 작가다 보니 경제적으로 불안정하고 정치적으로 극소수파다. 그리하여 DNA를 후대에 남기는 일 따위는 반쯤 포기했는데, 이런 나를 있는 그대로 좋게 본 고마운 처자를 만나 결혼도 하고 2010년에는 첫딸이 태어났다. 초음파 사진으로 태내 아이를 처음 봤을 때가 기억난다. '이 아이를 위해서라면 도둑질이라도 해야겠구나'라는 강렬한 정서가 북받쳐 올랐다. 그래! 멋진 아빠가 되어야지. 화장실에서 거울을 보았다. 아버지나 남편이 아니라면 굳이 눈여겨보지 않을, 그런 외모의 사내가 서 있었다. 음, 이대로는 어렵겠는걸? 그때 문득 피아노가 떠올랐다. 아이에게 피아노 연주를 들려주는 아빠? 제법 근사하지 않은가!

그렇게 해서 2010년부터 다시 피아노를 치기 시작했다. 우연인지 필연인지 작가라는 직업은 피아노 치는 아빠의 모습을 연마하는 데에 썩 안성맞춤이다. 사실상 반백수라 설거지, 청소에 아이 공부 좀 봐 주고도 시간이 남아 틈틈이 피아노 연습이 가능하다. 이제 음악을 업으로 삼겠다는 의욕 따위는 눈 씻고 찾아봐도 없지만, 그렇다고 꼭 무언가를 100℃의 기세로 좋아할 이유는 없다. 한 해 한 해 나이를 먹을수록 적절한 온도와 거리 유지가 중요함을 느낀다. 그리하여 나만의 페이스, 대략 36.5℃의 뜨뜻미지근함으로 10년 넘게 피아노를 치고 있다. 물론 이 나태하고 나른한 페이스로는 향후 10년을 더 치더라도 대단한 소득은 얻지 못할 것이다. 뭐, 아무렴 어떤가? 그동안 이렇게 연습한 결과 2010년의 나보다 지금의 내가 더 잘 치게 된 건 부인할 수 없는 사실인데. 누가 뭐라든 나만의 속도로 멋진 아빠가 되고 있으니 이 정도면 괜찮지 아니한가. 나의 손가락은 오늘도 두 딸의 (아래와 같은) 진심 어린 응원에 힘입어 오늘도 건반 위를 누빈다.

"아빠! 좀 그만 치면 안 될까?"

1장

좋아하는 것을
어디까지 좋아할 수
있는지

레냐 미냐 이것이 문제로다

"아빠, 시끄러워서 책을 못 읽겠어!"

"여보! 또 그 곡이야? 질리지도 않냐? 지겹다 지겨워!"

자신의 특정 '행위'가 꾸준히 화폐로 바뀌는 이들을 '프로'라고 한다. 일단 내가 프로 작가인 것은, 자본주의 사회에서 내 글이 그럭저럭 화폐와의 교환성을 획득하기 때문이다. 건반을 누르는 행위 또한 그러한 범주에서 벗어나지 않아, 김선욱, 조성진, 손열음, 임윤찬 같은 피아니스트를 건반의 프로라 할 수 있겠다. 하지만 내가 건반을 누르는 행위는 환금성은 고사하고 타인(심지어 나의 부족한 부분까지 감싸 줘야 할 가족)의 짜증만 유발하는 것 같다.

그렇다. 나는 '아마추어' 피아노 연주자다. 일단 임승수 피아노 독주회를 연다면 무료 티켓을 대량 살포해도 청중이 거의 모이지 않을 것이다. 내 연주 따위를 청취하기에는, 그들의 시간이 너무나 소중하니까. 고단한 청취 노동에 대해 일당을 후하게 쳐주겠다면 그나마 오려나? 과연 이보다 더한 아마추어의 조건은 없다. 그러고 보니 그동안 가족에게 몹쓸 짓을 했구나. 미안하다! 아무튼 일본 드라마 〈고독한 미식가〉의 주인공 이노가시라 고로가 남 눈치 보지 않고 '혼밥'으로 자신만의 미식을 즐기듯, 나는 고독한 방구석 피아니스트가 되었다. 사회적으로 완벽하게 밀폐되고 격리된, 가족조차 외면하는 절대 고독 속에서 모든 신경을 손가락 끝에 집중해 건반을 누르고 있다.

나는 왜 피아노를 치는가? 대체로 남자가 갑작스레 피아노를 연습하면 청혼이나 특별한 이벤트를 준비한다거나, 악기를 연주하는 자기 모습을 과시해 누군가로부터 환심을 사려는 의도가 있다고 여기는 것 같다. 하지만 나는 이미 결혼도 했고 두 딸까지 있다. 처음에는 두 딸에게 멋진 아빠가 되고 싶어서 피아노 연습을 재개했지만, 언제부터인가 두 딸은 내 연주를 BGM만도 못한 소음으로 여긴다.

나이 반백살의 남자가, 돈도 안 되고 아내와 두 딸에게 구박당하면서도 꿋꿋하게 건반 누르는 행위에 몰입한다면 '진심' 외에는 설명할 방법이 없지 않을까. 최근 취미로 피아노를 배우는 '혼피아노'족이 많이 늘었는데 뭘 그 정도로 '진심' 운운하느냐고? 마침 잘됐다. 내 진심의 폭과 깊이를 UHD급 해상도로 선명하게 보여 줄 수 있는 곡이 있으니 바로 베토벤(Ludwig van Beethoven, 1770~1827)의 〈엘리제를 위하여(Für Elise)〉다. 이 대중적인 곡에 얽힌 경험담을 풀어 보련다.

〈엘리제를 위하여〉. 이 곡을 작곡한 사람이 베토벤인 건 몰라도 한때 분뇨수거차 후진 음악으로 사용되어 도입부 멜로디를 모르는 사람 없는 유명한(?) 곡이다. 누구나 아는 곡인 만큼 피아노 학원에 다닌다 하면 일단 최우선으로 정복해야 할 곡이기도 했다. 이놈부터 웬만히 연주해야 피아노 좀 친다는 평가를 받을 수 있는 분위기였기 때문이다.

나 또한 어린 시절 얼렁뚱땅 꾸역꾸역 연주한 곡이지만, 그때는 음표에 대응하는 건반을 찾아 허겁지겁 누르기에만 바빴던 것 같다. 어느새 수십 년이 흘렀고 음악을 대하는 태도도 많이 달라졌다. 악상기호 하나, 음표 하나에서도 작곡가의 의도를 고민하며 더욱 세심하게 들여다보게 되었다. 그런 과정을 거쳐야만 비로소 음표 너머에 존재하는 베토벤의 진심에 가닿을 수 있겠다 싶어서다. 참고로 이 곡을 완성한 1810년 당시 베토벤의 나이는 한국 나이로 41세였다.(나보다 젊구나.) 그러고 보니 〈엘리제를 위하여〉가 피아니시모로 시작한다는 사실을 명확하게 인지한 것도 최근이다.

아무튼, 대가의 연주를 기준으로 삼아야겠다는 생각에 유튜브에서 이보 포고렐리치*와 정명훈의 연주를 차례로 들었다. 둘 다 의심의 여지없이 훌륭한 연주였지만, 놀라운 차이점을 발견했다. 연주하는 음이 다른 것 아닌가! 오른쪽 악보에 표시한 음표 말이다.

보다시피 7번째 마디의 붉은색으로 표시한 음표는 '레'다. 정명훈은 이 악보대로 '레'로 연주했다. 노파심에서 말한다. 직접 마디 수를 세어 본 사람 중에는 8번째 마디 아니냐고 할 사람도 있겠지만, 못갖춘마디 곡이라 7번째라고 하는 게 맞다.

동일한 선율(레-도-시-라)이 곡 전체에서 여섯 번(7, 21, 44, 58, 88, 102번째 마디) 나오는데, 정명훈은 모두 '레'로 연주했다. 그런데 이보 포고렐리치는 '레'가 아니라 '미'(미-도-시-라)로 연주하는 것 아닌가! 이게 무슨 일인가 싶어 집에 있는 피아노 명곡집(1987년 발행됐으며 당시 가격 2,500원)을

---

* 이보 포고렐리치(Ivo Pogorelich, 1958~): 크로아티아 출신의 피아니스트. 1980년 제10회 쇼팽 국제 피아노 콩쿠르에서 포고렐리치의 1차 예선 통과에 항의하며 루이스 켄트너가 심사위원직에서 사임했는데, 반대로 마르타 아르헤리치는 그의 결승 탈락에 격분해 심사위원직을 사임한 일로 화제가 되었다. 극단적일 정도로 자유로운 곡 해석으로 비평가들 사이에서는 호불호가 크게 갈렸으나, 대중에게는 뜨거운 관심을 받았다. 당시 콩쿠르 우승자인 당 타이 손보다 포고렐리치에게 스포트라이트가 쏠리기도 했다.

Ludwig van Beethoven

Bagatelle No. 25 in a Minor
Für Elise

펼쳐 〈엘리제를 위하여〉 악보를 확인했다. 그런데 이 악보는 또 달라서, 앞선 다섯 군데(7, 21, 44, 58, 88번째 마디)는 '미'(미-도-시-라)인데, 마지막 102번째 마디에서만 '레'(레-도-시-라)다.

이보 포고렐리치, 정명훈, 그리고 내가 모두 다르게 연주한 것이다. 이럴 수가! 흔해 빠진 곡이라 그동안 건성으로 연주했는데, 작정하고 피아노에 마음을 쏟기 시작한 뒤에야 이 곡에 대해 아는 게 별로 없다는 사실을 깨달았다. 방구석 피아니스트일 뿐이지만, 어쨌든 '정확하게' 연주하려면 나름의 연구가 필요하다는 생각이 들었다.

해답을 얻기 위해, 정확한 고증으로 신뢰를 얻고 있는 독일의 헨레* 악보를 거금 7,450원을 들여 주문했다. 배송받자마자 해당 부분을 살펴보았는데, 정명훈이 연주한 것처럼 여섯 군데 모두 '레' 아닌가!

물론 헨레 악보의 고증이 잘못됐을 가능성도 배제할 수는 없다. 하지만 '레'로 고증한 이유를 톺아보니 꽤 설득력이 있었다. 베토벤은 이 곡을 1810년에 작곡했으나 출판하지 않고 1827년에 사망했다. 세월은 흘러 1865년에 음악학자 루트비히 놀(Ludwig Nohl)은 뮌헨에 사는 바

---

* 헨레(Henle): 독일의 클래식 악보 출판사로, 악보 장인들이 원전에 가까운 악보를 전통 조판술로 편집하여 피아니스트들이 가장 선호한다고 알려졌다.

베트 브레들(Babette Bredl)이라는 여성이 소유한 베토벤의 〈엘리제를 위하여〉 자필 악보를 꼼꼼히 살펴보고 필사할 기회를 얻었다. 이 루트비히 놀의 필사본을 토대로 1867년에 출간된 것이 최초 판본이다.

현재 베토벤의 자필 악보와 루트비히 놀의 필사본은 모두 분실됐으니, 1867년 판본이 베토벤의 자필 악보와 시기적으로 가장 가깝다. 이 판본에서는 7번째 마디의 음만 '미'이고 이후 등장하는 다섯 곳은 모두 '레'다. 국제 악보 도서관 프로젝트(IMSLP, International Music Score Library Project) 사이트에 접속해서 해당 악보 파일을 내려받아 직접 확인했다. 요컨대, 초판에는 '미(1회)'와 '레(5회)'가 공존했던 것이다.

3년 후인 1870년에는 초판의 오류가 수정된 판본이 출간됐는데, 거기에는 7번째 마디 음이 '레'로 수정되어, 여섯 군데 모두 '레'가 됐다. 1867년 판본에는 몇몇 명백한 오류들이 있었는데, 그걸 바로 잡는 과정에서 7번째 마디의 '미'를 '레'로 수정한 것이다. 이러한 초판의 오류는 악필로 악명 높은 베토벤의 자필 악보를 필사하는 과정에서 발생한 것으로 추측된다.

혹자는 7번째 마디의 음이 '레'인지 '미'인지 불확실한 것 아니냐고 할지도 모르겠다. 오히려 1867년 최초 판본이 맞고 1870년 수정 판본이 틀릴 가능성을 제기하면서.

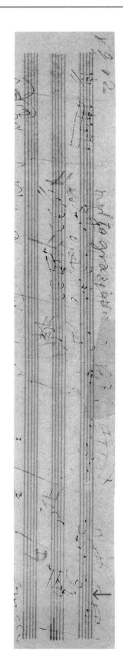

1810년 베토벤이 남긴 스케치에서 볼 수 있는
〈엘리제를 위하여〉 주제 선율. 화살표 아래
7번째 마디가 '레'로 표기되어 있다.

베토벤이 7번째 마디에서만 의도적으로 '미'를 선택했을 수도 있으니 말이다. 하지만 1810년에 베토벤이 남긴 다른 스케치에서도 〈엘리제를 위하여〉 주제 선율을 발견할 수 있는데, 그 스케치의 7번째 마디에도 명백하게 '레'로 표기되어 있다. 왼쪽 악보의 화살표 부분에서 확인할 수 있다. 이를 토대로 헨레 악보는 여섯 군데 모두 '레'라고 판단한 것이다.

곡의 구조를 따져 보더라도 '레'가 자연스럽다. 아래 내가 표식을 추가한 헨레 악보를 보자.

베토벤이 선택한 음은 '레'였을까, '미'였을까? 작곡가의 의도를 파악하기 위해 헨레 악보까지 동원했다.

앞의 악보에서 ①, ②, ③으로 표기한 곳에는 각각 솔-파, 파-미, 미-레의 순서로 7도 도약이 존재한다. 이러한 순차적 7도 도약은 ④에서 레-도 7도 도약으로 자연스럽게 연결된다. 그런데 만약 ④에서 '레'가 '미'로 바뀐다면? 미-도 6도 도약으로 바뀌어 앞선 세 번의 7도 도약과의 연관성이 사라진다.

물론 '미'를 선택한 판본도 나름의 이유가 있을 테다. 하지만 내가 식견과 내공이 부족한 '팔랑귀'라 그런지는 몰라도, 일련의 자료를 접하고는 '레'로 급격하게 기울었다. 나름의 깨달음을 얻은 뒤 유튜브에서 연주를 추가로 찾아보니 쇼맨십 강한 피아니스트 랑랑*도 '레', 진중한 학구파 연주자 알프레트 브렌델**도 '레'다. 그렇구나! 랑랑도 브렌델도 내 편이다.

누군가는 '큰 차이도 아닌데, 뭘 그리 의미를 부여하는

---

* 랑랑(Lang Lang, 1982~): 중국의 피아니스트로 3세에 피아노를 시작하여 십대 때 유수의 콩쿠르 우승을 휩쓸며 화려하게 데뷔했다. '세계에서 가장 몸값이 비싼 피아니스트'로 불리는 그는 세계 주요 TV 방송 출연, 사운드트랙 녹음 등 다양한 활동과 더불어 랑랑국제음악재단을 설립하여 어린이 후원에 힘쓰고 있다.
** 알프레트 브렌델(Alfred Brendel, 1931~): 체코슬로바키아 출신의 피아니스트. 구도자적인 작품 분석과 지적인 연주로 쇤베르크, 베베른 등의 작품에서 탁월한 솜씨를 보인다. 세계적인 피아니스트일 뿐만 아니라, 에세이와 시를 쓰는 작가이기도 하다.

가?'라고 생각할지도 모르겠다. 솔직히 일부러 의식해 듣지 않으면 모르고 지나갈 수도 있고, '레'를 '미'로 쳤다고 해서 곡의 느낌과 분위기가 크게 변하는 것 같지도 않으니 말이다.

하지만 음향학적으로 따져 봐도 그렇게 단순한 사안은 아니다. 피아노에서 문제의 '미' 건반은 물리적으로 330Hz의 진동수이고 '레'는 294Hz 정도다. 330Hz면 1초에 고막이 330회 진동하는 것이고, 294Hz면 294회다. 베토벤이 '레'를 적어 넣었다면 1초에 고막을 294번만 흔들라는 건데, 왜 멋대로 330번을 흔드는가. 무려 36회나 많지 않은가!

화성적으로도 미묘한 차이가 있다. 문제의 음이 '미'라면 해당 부분은 화성적으로 미-솔#-시가 되어, 라단조(a minor) 조성 체계에서 딸림화음(V)이 된다. 그런데 '레'라면 화성적으로 미-솔#-시-레, 그러니까 7음 '레'가 추가된 딸림7화음(V$_7$)이다. 베토벤이 딸림7화음을 의도하며 '레'를 사용했다면, '미'로 연주해 버릴 경우 베토벤의 화성적 구상과 어긋난다.

물론 음악 이론에 조예가 있는 사람이라면, 딸림7화음에서 7음은 반음이나 한 음 하행(下行)해서 해결되는 게 정석인데 곡에서는 7음인 '레'가 하행해서 해결되지 않으니 화성 법칙으로 보았을 때 문제가 있는 것 아니냐, 그러니 '레'가 아니라 '미'가 화성적으로 판단했을 때 정확한 선택 아니냐고 주장할지도 모르겠다. 날카로운 지적이다. '미'를 선택한 판본도 그런 부분을 고려하지 않았을까 싶다.

하지만 주장을 받아들이기에는 1867년 판본, 1870년 판본, 그리고 1810년 베토벤 자필 스케치의 무게감이 너무 크다. 작곡가들이 언제나 화성 진행 규칙을 엄격하게 준수하면서 작곡하는 것도 아니고 말이다. 음악의 역사를 살펴보면 기존 규칙과 틀을 과감하게 탈피하는 과정에서 음악이 진화하지 않았는가. 본질을 얘기하자면 규칙이 소리에 복무하는 것이지, 소리가 규칙에 복무하는 것은 아니니 말이다.

음 하나 갖고 씨름하는 나와 달리 대중은 〈엘리제를 위하여〉에서 엘리제가 누구인지가 가장 궁금한 것 같다. 위키피디아, 나무위키를 보면 엘리제의 유력 후보로 테레제 말파티 외에 몇몇 여인의 이름을 소개하며 상당한 분량을 할애해 설명하고, MBC 예능 프로그램 〈서프라이즈〉에서도 엘리제의 정체에 대해 다뤘다. 하지만 나는 '레'와 '미'의 실체가 제일 궁금하다. 〈엘리제를 위하여〉를 통해 내가 만나고 싶은 이는 테레제 말파티가 아니라 그 곡을 작곡한 베토벤이기 때문이다.

고독한 방구석 연주자로서 나름 정확한 음을 고증하기 위해 노력하다 보니, 고전 연구에 매진하는 학자들의 진심을 조금은 이해하게 되었다. 왜 그들이 사마천《사기》, 반고《한서》같은 책에 엄청난 분량의 주석을 달아 가며 평생을 바치는지 말이다. 나에게는 베토벤이, 그들에게는 사마천이고 반고인 것이다.

뭐 어쨌거나 고작 '레'인지 '미'인지를 확인하려고 굳이 7,450원을 들여 헨레 악보를 구입하고 인터넷 바다를 정처 없이 떠돌며 몇 날 며칠 머리를 감싸 쥐고 낑낑댔다. 이런 내 모습을 보고 땡전 한 푼 안 나오는 일에 헛심 쓴다며 고개를 절레절레 흔드는 이가 있을지도 모르겠다. 하지만 자신의 삶에서 (돈도 안 되는 그 무엇인가에) 열정과 진심을 쏟아부어 본 적이 있는 사람이라면, 내 고민과 모색의 과정을 접하며 그 시절 추억이 떠올라 묘한 미소를 짓지 않았을까. 동류들만이 알아볼 수 있는 미소를 보이는 사람이야말로 내가 교류하고 싶은 사람이다.

나만의 음색을 만들어 낼 수 있을까

우리 집에 방문한 손님은 대체로 거실에 들어서자마자 깜짝 놀라는데, 다름 아닌 한가운데에 덩그렇게 놓인 그랜드 피아노 때문이다. 예상치 못한 곳에서 의외의 존재를 만난 손님은 '네가 거기서 왜 나와?'라고 묻는 듯 당황한 표정을 짓는다. 검은색 고급 세단을 연상시키는 미려한 외관에 오픈카인 마냥 뚜껑을 한껏 열어젖히고는, 검은색과 흰색이 교차하는 88개의 건반이 가지런한 치열처럼 한껏 웃음을 지으며 손님을 맞이한다.

사실 집에서 그랜드 피아노를 제외하면 내세울 만한 것이라고는 없다. 집 내부가 근사하다며 입을 쩍 벌린 손님에게 그랜드 피아노가 없다고 가정하고 다시 한번 둘러보라고 하면 쩍 벌어진 입이 금세 다소곳해지는 것을 확인할 수 있다. 그만큼 그랜드 피아노의 비중과 포스는 어

우리 집 인테리어 담당 그랜드 피아노.

마어마해서 인테리어의 95%에 이른다고 해도 과언이 아니다.

그나저나 거실에 그랜드 피아노 놓고 사는 걸 보고는 부자라고 착각하면 곤란하다. 나도 부자면 좋겠는데, 인근 경기도 광명보다 집값이 싼 서울 금천구 귀퉁이의 30평대 아파트에서 네 가족이 조촐하게 산다. 상대적 빈곤을 서류로 완벽하게 증명해야 받을 수 있는 디딤돌대출 20년(240개월) 할부를 이용해 2014년에 생애 처음으로 주택을 소유하게 됐다. 그랜드 피아노는 당시 디딤돌대출의 힘을 최대한 활용해 구입한 것이다.

아무리 피아노에 진심이라고 해도 그렇게 무리해서 그

랜드 피아노를 놓을 필요가 있느냐, 전공하는 것도 아닌데 업라이트 피아노 정도면 충분하지 않으냐고 생각할지 모르겠다. 나도 그렇게 생각했었다. 그 일이 있기 전까지는 말이다. 2014년의 어느 날, 이사를 앞두고 아내와 함께 종로구 낙원상가의 한 중고 피아노 매장을 방문했다. 원래는 분수에 맞게 중고 업라이트 피아노를 염두에 뒀다. 그러다가 사지는 않을 거지만 한번 쳐 보기라도 하자는 심정으로, 진열된 그랜드 피아노를 이것저것 건드려 본 것이 문제의 발단이었다.

권투 경량급 세계 챔피언이 아무리 용을 써 봐야 헤비급의 평범한 선수조차 상대하기 버거운 그 압도적 '피지컬'의 차이랄까. 완전히 다른 체급의 음향이 뿜어져 나오는데, 그 충격파로 뇌가 흔들려 경제 감각을 상실했다. 어차피 20년 장기대출 쫘악 당겨 집도 사는 판국에, 거기다가 중고 그랜드 피아노 가격 좀 없는다고 매달 갚을 원리금이 확 불어나는 것도 아니지 않느냐는 대담하고 과감한 계산법이 설득력을 얻기 시작했으니 말이다.

그랜드 역시 비쌀수록 좋았다. 삼익, 영창보다 야마하, 가와이의 소리가 더욱 귀에 감기고 건반의 터치감도 섬세하며 부드러웠다. 이미 마음속에서는 삼익과 영창은 관심 밖이고 야마하와 가와이를 저울질 중이었다. 보다 못한 아내의 일침에 가까스로 현실 감각을 수습한 나는, 중고 삼익 그랜드 피아노를 사는 것으로 아내와 타협을 보았다. 구입 가격이 540만 원이었는데, 어차피 디딤돌대출 240개월 할부로 나누면 충분히 희석 가능한 액수라 큰 걱정은 하지 않았다.

도대체 그랜드 소리가 업라이트와 얼마나 다르기에 자린고비를 지향해야 하는 서푼짜리 작가의 경제관념마저 허물어 버릴 수 있을까? 모든 곡에서 확연하게 차이가 나지만, 나는 특히 프랑스의 인상주의 작곡가 드뷔시(Claude Debussy, 1862~1918)의 〈달빛(Clair de Lune)〉을 연주할 때 그랜드의 위력을 여실히 느낀다.

인상주의 음악으로 분류되는 곡들은 독특한 분위기가 있다. 〈달빛〉 역시 그래서 잔잔한 호수 위에 쏟아지는 달빛처럼 음들이 층층이 쌓여 나가는데, 자칫 서늘해질 수 있는 그 명징함을 몽환적 배음들이 호숫가 안개처럼 뿌옇게 감싸 준다. 이 명징함과 흐릿함이 공존하는 독특한 분위기가 음악에 특별한 색깔을 입힌다. 이 특유의 배음을 조성해 내는 능력에 관한 한 업라이트 피아노는 그랜드 피아노를 절대 따라올 수가 없다.

배음이 무엇인지 이해하려면 다소간의 물리 지식이 필요한데, 한번 간략하게 설명해 보겠다. 우리가 피아노와 바이올린으로 동일한 음을 연주하면 음높이는 같지만 '음색'은 확연히 다름을 알 수 있다. 이 음색의 차이를 통해 해당 소리가 피아노인지 바이올린인지 구분할 수 있는데,

이렇게 악기마다 음색이 차이 나는 이유는 '배음'이 다르기 때문이다.

피아노 건반을 눌러 해머로 현을 때리거나 활로 바이올린 현을 켜면, 양쪽 끝이 고정된 현이 진동해 소리가 생성되고 그 소리가 울림통을 통해 증폭된다. 오른쪽 그림을 피아노나 바이올린 현의 진동이라고 생각하자. 1로 표기된 맨 위의 진동이 '기본음'이고, 1/2로 표기된 게 '2배음', 1/3은 '3배음', 1/4은 '4배음' 이런 식이다. 그림에서도 알 수 있듯이 기본음의 파장이 제일 길고 아래로 내려갈수록 파장이 1/2, 1/3, 1/4의 비율로 짧아진다.

일반적으로 피아노 건반을 누르거나 활로 바이올린을 켤 때 우리가 듣는 음은 '기본음'에 2배음, 3배음, 4배음, 5배음 등이 중첩되어 동시에 들리는 것이다. 대체로 우리가 음높이라고 인식하는 성분은 '기본음'이지만, 하나의 현이 진동하더라도 그 안에는 저렇게 다양한 진동의 양상이 중첩되어 일어난다. 그런데 악기마다 2배음, 3배음, 4배음 등의 배음 비중이 제각각이다. 이 배음 비중의 차이가 음색의 차이로 이어진다.

좀 더 구체적으로 얘기해 보자. 예컨대 기본음의 주파수가 100Hz면 2배음은 200Hz, 3배음은 300Hz, 4배음은 400Hz가 된다. 파장이 감소하는 비율만큼 주파수가 증가하는 건데, 지금은 물리 수업 시간이 아니니 그냥 그렇다

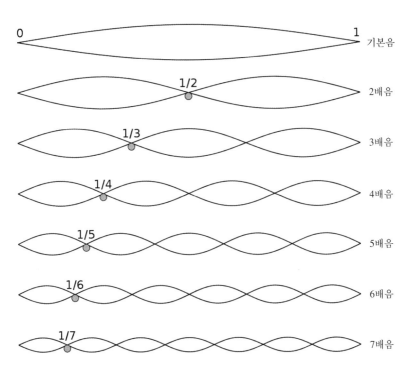

0   1 기본음

1/2 2배음

1/3 3배음

1/4 4배음

1/5 5배음

1/6 6배음

1/7 7배음

배음 효과가 극대화된 〈달빛〉을 연습하다 보니 '음색'에 목을 매지 않을 수 없었다.

고 이해하자. 알다시피 주파수가 높을수록 우리는 높은음으로 인식한다. 그러니 기본음보다 2배음이, 2배음보다 3배음이 높은음이라는 의미다.

같은 음을 연주하더라도 피아노보다 바이올린의 음색이 더욱 예리하고 날카롭게 들리는 이유는 8배음, 9배음, 10배음, 11배음 같은 높은 주파수의 배음 성분이 피아노보다 더 풍부하기 때문이다. 중첩되어 울리는 배음 중에서 높은음의 비중이 상대적으로 높으니 음색이 날카롭고 찌르는 듯한 색깔을 갖게 된다.

이러한 배음은 피아노라는 단일한 악기 사이에서도 차이가 있어서 현의 재질이 무엇인지, 울림통은 어떤 나무로 만들었는지, 피아노의 크기와 구조는 어떠한지, 현을 때리는 해머의 구조와 재질은 어떠한지 등에 따라 확연히 달라진다. 업라이트 피아노는 그 크기와 외형 및 구조의 한계 때문에 그랜드 피아노만큼 풍부한 배음을 만들어 내지 못한다.

드뷔시가 명백하게 피아노의 배음 효과를 노리고 작곡한 〈달빛〉은, 그런 의미에서 그랜드 피아노를 위한 곡이라 하지 않을 수 없다. 집에 그랜드 피아노를 들여놓고 〈달빛〉을 연주하며 경험했던 소리의 입체감을 통해, 드뷔시라는 작곡가가 피아노라는 악기에 대해 얼마나 속속들이 이해하고 있는지 새삼 놀라지 않을 수 없었다. 이런 까

닭에 드뷔시의 곡을 실연이 아닌 녹음으로만 접한다면 그 매력을 온전히 느끼기 어렵다고 생각한다.

드뷔시는 자신의 곡에서 이러한 특유의 분위기를 살리기 위해 전통적인 화성법 체계에서 금기시하는 5도 및 8도 병진행이나 허용 범위 바깥의 불협화음 등을 과감하게 사용했으며, 기존의 장·단음계를 벗어나 온음계*, 5음 음계, 교회선법** 등을 적극적으로 채용했다. 인상주의 화가들이 빛이라는 본질에 집중하며 그것을 제대로 표현하기 위해서 전통적인 회화 기법을 뛰어넘었듯이, 드뷔시는 소리라는 본질에 집중해 전통적인 화성법과 음계의 울타리를 과감하게 뛰어넘은 것이다. 그런 의미에서 드뷔시는 현대음악의 선구자라 할 만하다.

어쨌든 그렇게 나름 풍부한 배음을 탐닉하며 중고 삼익 그랜드 피아노와 여러 해를 보냈다. 종종 낙원상가에서 체험했던 야마하나 가와이가 떠오를 때도 있었지만, 내 주제에 삼익 그랜드도 과분하다는 생각이었다. 그날이 오기 전까지는 말이다.

---

* 온음계: 반음계 음을 하나씩 걸러서 6개의 온음으로 만든 음계. 도-레-미-파#-솔#-라#-도 구성과 도#-레#-파-솔-라-시-도# 구성 두 가지만 가능하다.
** 교회선법: 장·단음계가 갖춰지기 전의 음계로, 그레고리오성가에 뿌리를 두고 있다.

2019년 10월 8일 저녁, 종로구청 한우리홀에서 종로구민을 대상으로 '1만 원보다 1시간이 소중하다'라는 제목의 행복론 강의를 하기로 되어 있었다. 강의 시작 30분 전에 도착해서 한우리홀을 둘러보는데 놀라운 물건이 눈에 들어왔다. 무려 스타인웨이 그랜드 피아노!! 대당 가격이 억대를 훌쩍 넘어간다는 세계 최고의 브랜드.

스타인웨이에 비친 내 얼굴마저 고급스러워 보이는구나!

홀린 듯 스타인웨이 로고가 새겨진 덮개를 벗기고 남이 보건 말건 손에 익은 바흐의 〈이탈리아 협주곡〉 1악장을 연주하기 시작했는데, 건반을 누르는 손가락 힘의 미세한 변화에 음량과 음색이 마이크로그램 단위로 반응하는 것 아닌가. 세상에나! 이것이 바로 치는 대로 소리가 나온다는 그거구나! 그 해상도를 무지개에 비유하자면 집에 있는 삼익 그랜드 피아노는 빨주노초파남보 일곱 색깔인 반면, 종로구청 한우리홀의 스타인웨이는 빨간색과 주황색 사이에만 스무 가지 색깔이 더 있는 느낌이었다.

이내 주택담보대출 여력을 따져 보는 나 자신을 발견하고는 흠칫 놀랐다. 다행히 이성의 끈을 놓지 않아 추가 대출로 이어지지는 않았다. 하지만 그때의 손맛이 워낙에 강렬하다 보니 집에 있는 피아노와 비교가 되어 내내 심경이 복잡하다. 특히 섬세한 피아니시모를 연주할 때면 중고 삼익 그랜드 피아노의 한계를 더욱 절감하게 된다. 드뷔시 〈달빛〉은 곡 전반이 피아니시모(pp)에다가 심지어 피아니시시모(ppp)까지 등장하지 않는가.

코로나로 경제적 타격을 입은 프리랜서 작가인지라 당장은 여력이 없지만, 상황이 좀 호전되면 피아니시모 구현을 위해 피아노 교체를 진지하게 고민하고 있다. 구체적으로 얘기하자면, 기존 삼익 그랜드 피아노를 처분하면서 실탄을 일부 마련하고 부족한 차액을 장기 카드 할부 혹은 주택담보대출로 돌려서 야마하 중고 그랜드 피아노로 갈아탈까 싶다. 인상주의 화가나 드뷔시가 자신의 분야에서 그랬던 것처럼, 나도 방구석 취미의 극한을 추구하기 위해 경제적 울타리를 뛰어넘어 보련다. 연주하는 매일매일 한 시간이 행복해질 수 있다면 충분히 투자할 만한 가치가 있다고 판단하기 때문이다.

'파친코' 손절한 50대 어부가
푹 빠진 취미

이 세상에는 하늘의 별처럼 많은 피아노 곡이 있지만 나에게 단 한 곡을 꼽으라고 하면 주저 없이 이 곡을 선택하겠다. 진심으로 좋아하는 곡, 아무리 들어도 질리지 않는 곡, 악마에게 혼이라도 팔아서 잘 치고 싶은 곡, 바로 〈바흐-부조니 샤콘느(Bach-Busoni Chaconne, BWV 1004)〉다. 운전할 때 무심결에 틀어 놓은 93.1MHz 클래식 라디오에서 우연히 듣고 가슴이 터질 것 같은 감동과 전율을 온몸으로 체감했던 기억이 지금도 생생하다. 그렇게나 많이 들었음에도 매번 깊은 감동의 눈물을 맺히게 만드는 곡은 바흐-부조니 샤콘느가 유일하다.

위대한 바흐(Johann Sebastian Bach, 1685~1750)가 원래 바이올린 독주용으로 작곡한 곡인데, 이탈리아의 피아니스트이자 작곡가인 부조니가 바흐를 존경하는 마음을 담아 피아노 독주곡으로 편곡했다. 연주 시간이 15분 가까이 소요되는 대곡이고, 당대 최고의 피아니스트 부조니가 자신의 역량을 남김없이 쏟아부어 엄청난 기량을 요구하는 난곡이기도 하다.

한동안 이 곡을 감상만 하다가 문득 2년 정도 연습하면 못 칠 것 있겠냐는 생각이 들어 2021년 2월에 악보를 구입했다. 딱 한번 사는 인생인데, 가장 좋아하는 곡을 내 손으로 연주할 수 있다면 나름대로 흡족한 인생 아니겠나 싶었다. 곡의 구조는 도입부에서 여덟 마디 주제가 제시되고 이후 끊임없이 변주되는 형식인데, 다행히도 주제와 초반의 변주는 그럭저럭 칠 만했다. 하지만 70마디를 넘어서면서 냉혹한 현실을 깨닫기 시작했다. 아! 정말 어렵구나!

연습이 제대로 안 풀려 답답할 때면 이미 손에 익은 다른 곡을 연주하며 마음을 달랬는데, 그 곡이 브람스(Johannes Brahms, 1833~1897)의 〈인터메조 Op.118 No.2〉였다. 연주 시간 5분 남짓에 비교적 연주하기 쉽고, (샤콘느만큼은 아니지만) 워낙 아끼는 인생 곡이기도 하다. 공부하기 싫다고 엄마에게 투정 부리는 아이 심정으로 이 곡만 자꾸 찾다 보니 애먼 브람스 인터메조의 완성도만 높아졌다.

아무리 좋아하는 대상이 있더라도 그쪽에서 마음을 열지 않고 차가운 시선만 보낸다면, 누구든 지치고 포기하기 마련이다. 그래! 오르지 못할 나무는 쳐다보지도 말아야지. 무식하니 용감하다고, 내 주제에 전공생도 버거워하는 〈바흐-부조니 샤콘느〉 악보를 구입한 것부터가 만용이야. 만남이 있다면 헤어짐도 있기 마련 아닌가. 이제 미련을 버려야 할 때다.

그렇게 〈바흐-부조니 샤콘느〉와 멀어지던 어느 날, 네이버 카페 '피아노 사랑'에서 우연히 한 게시물을 읽었다. 어떤 회원이 일본 잡지를 번역하다가 재미있는 기사를 봤다며 올린 글인데, 피아노 한번 쳐 본 적 없는 50대 남성이 우연히 리스트(Franz Liszt, 1811~1886)의 〈라 캄파넬라(La Campanella)〉를 듣고 제대로 꽂혀 9년 동안 이 곡만 죽어라 연습해 공연까지 했다는 사연이었다. 어라? 이런 일이 있네? 흥미를 느껴 관련 정보를 검색하니 한글 자료는 없고 일본어 자료만 나온다. 기술의 발전에 힘입어 (구글 번역기의 힘을 빌려) 어설프게나마 파악한 자초지종은 다음과 같았다.

일본 사가현 사가시에 사는 요시아키 토쿠나가는 고교 졸업 후 인근 아리아케해에서 수십 년간 김 양식에 종사해 온 어부다. 하루 24시간이 일(6시간)-휴식(6시간)-일(6시간)-휴식(6시간)의 사이클로 돌아가는 거친 바다 사나이다. 일 년의 절반은 그렇게 고된 일정을 소화하지만, 나머지 절반은 다음 해 김 양식을 준비하는 다소 여유로운 시기가 온다. 이 기간에 그는 유일한 취미인 파친코를 하면서 보냈다.

하지만 너무 빠져든 나머지 2개월 만에 70만 엔이나 잃고는 엉겁결에 아내의 지갑에까지 손을 대게 되자, 어느 날 '여기까지 떨어졌는가' 싶어 퍼뜩 정신을 차리고 파친코를 그만두었다. 하나뿐인 취미가 없어져 그저 멍하니 TV나 보며 지내던 2012년의 어느 날이었다. 당시 52세였던 토쿠나가에게 운명처럼 피아노가 다가왔다. TV에서 피아니스트 후지코 헤밍*의 〈라 캄파넬라〉 연주를 들은 것이다. 엔카를 좋아하고 클래식 음악이라고는 전혀 관심이 없던 그였지만 후지코 헤밍의 따뜻하면서도 연민이 느껴지는 연주에 큰 감동을 받았다. 무엇보다 감상에서 끝나지 않고 이 곡을 직접 연주하고 싶다는 강한 충동에 휩싸였다.

음대를 졸업하고 피아노 선생을 하는 아내 치에코에게 〈라 캄파넬라〉를 치고 싶다고 하니, 돌아온 대답은 "아마추어가 라 캄파넬라를 연주할 방법은 없다. 절대 무리!"였

---

* 후지코 헤밍(Fujiko Hemming, 1932~): 일본인 어머니와 스웨덴인 아버지 사이에서 태어나 격변의 역사 속에서 파란만장한 생을 살았다. 피아노에 뛰어난 재능을 타고났으나 거듭되는 시련으로 연주자로서는 한참 늦은 나이인 60대에야 콘서트 피아니스트로 데뷔할 수 있었다. 그녀의 첫 음반 〈라 캄파넬라〉는 일본에서 90만 장 이상이 판매될 정도로 화제가 되었다.

다. 그동안 피아노에 전혀 관심도 없었고 심지어 악보조 차 볼 줄 모르는 남편이, 피아노를 배워 보겠다는 것도 아 니고 뜬금없이 전공생도 어려워하는 〈라 캄파넬라〉를 연 주하겠다니! 아내는 남편의 갑작스러운 변화가 도무지 이 해되지 않았다.

피아노를 전공한 아내조차 비협조적인 데다가 악보도 볼 줄 모르는 토쿠나가는 궁여지책으로 유튜브에서 〈라 캄파넬라〉 관련 영상을 검색했다. 마침 연주자가 누르는 건반 위에 테트리스 게임처럼 막대기가 떨어지도록 하여 따라 연습하기 쉽게 만든 영상을 발견한 그는, 아내의 피 아노를 빌려 일일이 영상을 멈춰 가며 막대기와 건반 위 치를 확인하고 해당 음을 찾아 누르며 곡을 익히기 시작 했다. 오른손 연습, 왼손 연습 번갈아 가며 매일 8시간씩, 어떨 때는 너무 열중한 나머지 12시간에 이르기도 했는 데, 그렇게 석 달을 꾸준히 연습해 〈라 캄파넬라〉 전곡을 외웠다. 52세에 처음으로 피아노 연습에 재미를 느끼게 된 것이다.

이후 꾸준히 연습을 지속하며 실력 향상 과정을 유튜 브 동영상으로 올렸는데, 중년 어부의 〈라 캄파넬라〉 연주 도전에 감동받고 용기를 얻은 이들의 응원 댓글이 연이어 달리고 일본 각지의 학교로부터 연주를 듣고 싶다는 초청 이 쇄도했다. 급기야 2020년 1월 13일에는 일본 TBS 예 능프로그램에 출연해 자신의 삶을 바꾼 피아니스트 후지코 헤밍을 만나 어부 일로 단련된 두툼한 손가락으로 직접 〈라 캄파넬라〉 연주를 들려주기도 했다. 환갑이 다 된 토쿠나가가 후지코 헤밍을 만나 아이처럼 기뻐하며 연신 눈물을 훔치는 모습이 인상적이었다.

이제 그는 '연주자'로서 새로운 행보를 걷게 된다. 2021년 5월 27일에는 모교인 카와소에 중학교를 방문해 전교생 279명 앞에서 〈라 캄파넬라〉를 연주한 뒤, '좋아하는 일에 진심으로 매진한다면 할 수 있다'는 메시지를 전했다. 특히 이날은 결혼 30주년(2017년)에 아내를 위해 연주했던 'Forever Love'(엑스 재팬)도 선보였다. 아내 다음으로 피아노가 소중하다며 '혼자 힘만으로는 꿈을 이룰 수 없었다. 가족이나 동료와 꿈을 공유하라'는 말도 잊지 않았다.

요시아키 토쿠나가의 유튜브 채널을 방문하니, 최근 후지코 헤밍의 연주회에 초청되어 무대에서 〈라 캄파넬라〉를 연주할 기회까지 얻었다. 연주회 준비 리허설 영상을 보니 2013년에 처음으로 올린 연주와는 비교도 안 되는 발전이 있었다.

그의 이야기를 조사하다 보니 한 편의 감동적인 다큐멘터리를 감상한 듯했다. 피아노 곡 하나가 클래식 음악에 전혀 관심도 없던 50대 남성의 마음을 얼마나 뒤흔들 수 있는지, 무언가를 진심으로 좋아하게 된 사람이 얼마만큼의 끈기와 인내를 발휘할 수 있는지, 그렇게 발휘된 끈기와 인내의 결과물이 사람들에게 얼마나 큰 감동을 불러일으킬 수 있는지를 토쿠나가의 사례는 여실히 보여 준다.

조사를 마치고 〈바흐-부조니 샤콘느〉 악보를 꺼내 들어 찬찬히 마디 수를 헤아려 보았다. 전체 262마디다. 하루에 한 마디씩 정복하면 1년 안에 완주할 수 있다는 결론이 도출된다. 이 단순명쾌한 해법을 왜 전에는 떠올리지 못했을까. 달팽이가 전진하는 속도일지언정 에둘러 가지 않고 정면으로 돌파하겠다는 의지가 부족했구나.

토쿠나가가 〈라 캄파넬라〉를 처음으로 좋아하게 된 게 52세인데, 나는 그보다 젊다. 심지어 나는 악보도 읽을 줄 알고 몇몇 곡은 제법 들어 줄 만한 연주가 가능한 기량을 보유하고 있다. 그가 어부 일을 하면서 〈라 캄파넬라〉를 연습했듯이, 나도 집필 노동을 하며 틈틈이 피아노를 치면 될 일이다.

'좋아하는 일에 진심으로 매진한다면 할 수 있다.'

두텁고 투박한 손가락으로 〈라 캄파넬라〉를 연주하는 바다 사나이의 이 묵직한 한마디가 중년 남자의 의지박약을 단박에 날려 버리는구나. 오늘부터 하루에 한 마디다!

악보 없이 신들린 연주,
어떻게 가능할까

　얼마 전 나름대로 열심히 연습하고 공들여 촬영한 브람스 〈인터메조(Intermezzo) Op.118 No.2〉 연주 영상을 '피아노 사랑' 게시판에 올렸다. 초급 수준의 아마추어 취미생부터 전공생에 프로 피아니스트까지 드나드는 곳이라 좀 부담됐는데, (격려와 응원의 의미가 크겠지만) '너무 잘 들었다' '마음이 움직이는 연주였다' 같은 칭찬의 댓글이 달리니 그렇게 뿌듯할 수 없었다. 그런데 예상 못 한 댓글 몇 개가 눈에 들어왔다.

　"대단하시네요~ 연주 소리도 좋은데 암보까지 하시고."
　"와~멋져요! 전 몇백 번을 쳤는데도 암보를 못 해요. 작
　　정하고 외우면 되려나요."

곡을 외우려고 일부러 노력하지는 않았다. 같은 곡을 골

백번 연습하다 보니 건반을 누르는 근육 움직임을 통째로 기억하게 되었고, 그 덕분에 태엽 감긴 인형처럼 자동으로 연주했을 뿐이다. 사실 거의 모든 프로 연주자들은 당연하다는 듯 암보로 연주하며, 취미 삼아 가볍게 배우는 아이들도 경연대회 준비 곡은 응당 외워서 친다. 내가 뭔가 특출한 능력을 보여 준 게 아니라는 의미다. 하지만 간혹 취미생 중에는 암보에 어려움을 느끼는 경우가 있는 것 같다. 아무래도 사람마다 암기력에 차이가 있을 수밖에 없을 테니.

꼭 외워서 연주해야 한다는 규칙은 없지만, 암보를 통해 시선으로부터 자유로워지면 그만큼 소리 자체에 집중하고 몰입할 수 있는 정신적 여력이 생긴다. 지독한 반복 연습을 통해 한 단계 더 나아가면 유체이탈 비슷한 상태가 되는데, 손가락은 알아서 돌아가고 연주자는 자유롭게 소리만 듣는 경지에 이른단다. 이렇게 자신의 연주 소리를 객관화해서 듣게 되면 한층 세심하고 정교하게 음향을 조탁할 수 있다. 그러하니 극한의 완성도로 연주해야 하는 상황이라면 암보는 필연적 선택으로 여겨진다.

하지만 암보가 자연스러운 문화로 자리 잡은 것은 의외로 그리 오래되지 않았다. 피아니스트 클라라 슈만 (Clara Schumann, 1819~1896)을 암보로 연주한 첫 피아니스트로 꼽지만, 엄밀하게 따지자면 그렇지는 않다. 헨델은 시력을 잃은 1751년 이후 암보로 연주했으며, 모차르트는 1777년 10월 2일에 쓴 편지에서 자신이 귀족 주최 연주회에 참가해 여러 번 암보로 연주했다고 적었다. 그 외에도 다양한 사례가 기록으로 남아 있다. 하지만 그런 것은 모두 일회성 이벤트였으며, 당시 연주자가 악보 없이 연주하는 것은 일반적으로 무례하고 거만한 행위로 여겨졌다.

클라라 슈만은 그런 통념을 깨고 13살 이후 공개적인 연주회에서 초지일관 악보 없이 연주했다. 그렇다 보니 클라라가 암보로 연주한 첫 번째 피아니스트로 꼽히는 것이다. 리스트 같은 동시대의 거장도 악보 없이 연주하기 시작하면서 점차 암보로 연주하는 분위기가 형성됐는데, 이러한 변화는 19세기 중반 서양의 중산층 성장과 맞물려 있다.

경제적·시간적 여유가 있는 중산층은 취미로 악기를 배우고 공연장을 찾으며 문화를 향유하기 시작했다. 이들은 근사한 볼거리를 원했는데, 클라라, 리스트, 파가니니처럼 초인적인 연주를 보여 주는 음악가가 그 기대를 충족시켰다. 이 거장들은 악보 없이 연주하는 모습을 통해 자신을 다른 연주자와 차별화했는데, 대중들이 열광적으로 호응하면서 암보는 유행이 되어 퍼져 나갔다.

암보가 정착된 또 다른 요인도 눈여겨볼 필요가 있다. 당시에는 바흐, 헨델, 모차르트, 베토벤 등 바로크 및 고전파 작곡가 곡을 연주하는 공연이 자주 열렸다. 1829년에 멘델스존이 바흐의 〈마태 수난곡(St Matthew Passion, BWV 244)〉을 발굴하고 연주회를 개최해 큰 성공을 거둔 게 좋은 예다. 이내 바로크 및 고전파 거장의 곡은 종교의 경전처럼 '고전'으로서 권위를 인정받게 되었고, 악보에 표기된 그대로 충실하게 연주하는 게 바람직하다는 인식이 퍼져 나갔다. 성경 구절을 암송하듯 외워서 연주하는 것이 진지한 태도로 인정받게 되었고, 현대에 와서는 프로 연주자가 악보를 펴 놓으면 성의가 없거나 청중을 무시하는 것으로 여겨진다.

하지만 이건 죄다 프로 연주자한테나 해당하는 얘기다. 내가 집구석에서 악보 보고 치든 외워서 치든 누가 신경이나 쓰겠는가. 솔직히 외워 칠 수 있는 곡도 극히 적은 데다가, 악보 펴 놓는다고 해도 번듯하게 칠 수 있는 곡은 많지 않다. 하지만 취미생인 나도 완벽하게 외워서 쳐야 할 상황이 있다.

가족 여행으로 방문한 리조트 로비에서 우연히 피아노와 마주친다. 예상했다는 듯 미소를 머금고 여유로운 걸음으로 다가가 피아노 의자에 앉는다. 두 손이 슬그머니 건반 위로 올라가고 이내 익숙한 음률이 흘러나온다. 악보가 없으니 시선은 자유롭다. 성실하고 믿음직한 모습을 연출하려면 고개를 약간 숙여 건반을 응시하자. 엘레강스

하고 고고한 분위기를 연출하려면 가끔 시선을 10~15도 정도로 두는 것도 좋다. 다만 20도가 넘으면 거만해 보이고, 30도를 넘어가면 문제가 있어 보이니 조심하자. 따뜻하고 소박한 나르시시즘에 젖어 5분 남짓 주변 공기의 울림을 통제하고 조절한다. 연주를 마치면 두 딸이 환한 얼굴로 "아빠!"라고 부르며 다가온다. 이 행복한 순간을 온전히 탐닉하기 위해서는 일단, 곡을 외워야 한다.

프로 피아니스트들은 나름의 암보 비법이 있지 않을까 싶어서 이래저래 관련 정보를 찾아보았는데 꽤 중요한 사실 한 가지를 알게 됐다. 아마추어 취미생 대부분이 곡을 외우는 방식인 근육 기억(Muscle Memory)에 치명적인 약점이 있다는 사실이다. 근육 기억은 반복된 연습을 통해 몸이 자동으로 연주하게 만드는 방식이다. 내가 브람스 인터메조를 외워서 연주할 때는 악보의 음을 일일이 떠올리며 손가락을 움직이는 게 아니다. 구구단을 외우듯 자동으로 몸이 움직여 건반을 누를 뿐이다.

이 근육 기억의 취약성을 명확히 인지한 것은 개인 레슨을 받을 때였다. 연속으로 화음을 연주하는 부분에서 깨끗한 소리를 만들기 위해 손 모양과 타건 방식을 교정하는 중이었는데, 곡을 외운 상태라 따로 악보를 펴 놓지는 않았다. 레슨 선생님이 우선 왼손 화음만 따로 쳐 보자고 했는데, 순간 어떻게 쳐야 할지를 몰라 당황했다. 분명 나는 곡 전체를 외워서 칠 수 있는데, 왼손 화음만 치려니 어떤 건반을 짚어야 할지를 몰라 허둥댄 것이다. 오른손을 올려서 함께 치는 시늉을 하니 그제야 왼손이 제자리를 잡는 것 아닌가. 바로 이게 근육 기억의 치명적인 한계다.

반복된 연습 과정 내내 오른손과 왼손을 동시에 연주하면서 근육 기억이 형성되었기에, 왼손만 연주하는 상황은 기억에 존재하지 않는 전혀 새로운 움직임인 것이다. 당연히 버벅댈 수밖에. 첫째 마디가 아니라 중간부터 연주해 보자는 선생님의 지시에도 손이 선뜻 따라 주지 않았다. 근육 기억은 항상 앞선 연주(근육 움직임)와 연계되어서 형성되기 때문에, 임의의 마디부터 시작하게 되면 앞선 동작의 부재로 제대로 작동하지 않는 것이다.

연주 도중 예기치 않은 실수를 범했다 치자. 언급했다시피 근육 기억은 앞선 연주와 연계되어서 기억이 작동한다. 실수 행위는 기억 속에 저장되지 않은 돌발적 움직임이기 때문에 이어지는 연주에서 문제가 발생할 확률이 높아지고 심하면 연주를 이어 나가지 못하게 된다. 연습실 환경과 무대 환경이 크게 다를 경우, 이 역시 근육 기억에 영향을 미쳐 예민한 사람의 경우 아예 첫 음부터 떠오르지 않기도 한다. 그런고로 최고의 연주를 들려줘야 하는 상황에서 근육 기억에만 의존하는 것은 매우 위험한 선택이다.

근육 기억의 취약점을 보완하기 위해서는 다양한 연습 방법이 요구된다. 매우 느린 속도로 연습해 본다든지, 부점 리듬으로 해 본다든지, 오른손 왼손 따로 쳐 본다든지, 중간부터 쳐 본다든지 하는 식으로 변화를 주며 연습해야 실수하더라도 천편일률적인 근육 기억에만 의존하지 않고 흔들림 없이 연주를 이어 나갈 수 있다. 곡을 반복 청취하고, 속으로 멜로디를 따라 부르며 연습하는 것도 암보에 도움이 된다. 유독 잘 안 외워지는 부분이 있다면 괜히 처음부터 다시 치지 말고 해당 부분을 집중적으로 반복해서 연습한다. 암보 여부를 확인하기 위해서 지인 앞에서 연주하거나 휴대폰 녹음 기능을 켜 놓고 연주를 해 보는 것도 좋다.

뭐가 이렇게 번거롭고 어렵냐고? 프로들은 여기서 훨씬 더 나간다. 피아노를 연주하지 않는 시간에도 끊임없이 악보를 연구하고 분석한다. 연주할 곡의 화성 및 구조를 낱낱이 파헤쳐 사진 찍는 수준으로 악보를 익힌다. 그러다 보니 피아노가 없더라도 머릿속으로 가상 연습을 할 수 있을 수준에 이른다. 이렇게 신물 나올 정도로 갈고닦아도 방심하고 나태해지면 무대에서 대형 사고를 치기도 한다. 2000년 쇼팽 콩쿠르에서 역대 최연소로 우승한 윤디 리처럼 말이다.

2015년 10월 30일 서초동 예술의전당에서 윤디 리와 시드니 심포니 오케스트라가 쇼팽 피아노 협주곡 1번을 연주하고 있었다. 연습 부족 때문인지 컨디션 난조인지는 모르겠지만, 윤디는 도입부부터 실수를 연발하더니 나중에는 악보를 까먹어 연주가 잠시 중단되는 상황까지 벌어졌다. 누가 보더라도 명백하게 피아니스트의 실수였는데 되레 지휘자에게 짜증을 내 관객의 빈축을 사기도 했다.

2000년 쇼팽 콩쿠르 때에도 연주한 곡이니, 어렸을 때부터 얼마나 반복해서 연습하고 외웠겠는가. 최고의 피아니스트조차도 연습을 게을리하면 공들여 외운 연주마저 일순간 허물어질 수 있음을 적나라하게 보여 준 대표적 사례다.

물론 나 같은 방구석 피아니스트는 연주하다 생각이 안 나면 겸연쩍은 웃음을 머금고 머리를 긁적이며 "에구, 까먹었네요"라고 읊조리면 그뿐이다. 이것이야말로 아마추어만이 소유한 특권 아니겠는가. 누군가는 그 담백한 모습에서 오히려 인간적인 매력을 느낄지도 모를 일이다. 하지만 특권도 남용하면 부작용이 따르기 마련이다. 없는 시간을 쪼개 아등바등 피아노를 연습하는 이유가 "에구, 까먹었네요"를 연발하기 위해서는 아니지 않은가.

소소하게나마 나르시시즘에 젖을 수 있는 곡이라고는 5분짜리 브람스 〈인터메조 Op.118 No.2〉 하나밖에 없는데, 이것마저 잊어버리면 방구석 연주자로서의 정체성이 무너진다. 그래! 적어도 브람스 인터메조에 한해서는 머릿속 가상 연주가 가능한 수준까지 도달해 보자. 리조트 로비에 놓인 피아노를 멋들어지게 연주하는 아빠의 모습을 견지하기 위해 근육과 두뇌에 불가역적인 수준의 기억을 새기련다.

손가락을 구부릴 것이냐, 펼 것이냐

우리 집은 피아노 치는 시간이 정해져 있다. 정오부터 오후 1시까지 1시간, 그리고 오후 5시부터 5시 30분까지 30분, 이렇게 두 번이다. 아파트에서 살다 보니 이웃과 평화로운 공존을 위해 설정한 나름의 규제다. 가족 중에 피아노를 좋아하는 사람이 나 혼자라면 1시간 30분이라는 시간 자원을 독점할 수 있을 텐데, 초등학생인 둘째가 아빠 못지않게 피아노에 진심인 편이라 아이가 학교에 가지 않는 주말 정오에는 종종 충돌로 이어진다.

"아빠, 나 이번에 대회 나가잖아. 그러니까 내가 쳐야지."
"아빠는 피아노에 대한 글을 쓰고 있잖아. 자꾸 쳐야 글 감이 떠오르지."

사정이 이렇다 보니 토요일 혹은 일요일 오전 11시 50분부터 벌써 상대방의 동향이 신경 쓰인다. 슬쩍 아이 방을 살펴보니 낄낄대며 만화책을 읽고 있다. 훗! 좋았어. 10분 후에 여유롭게 피아노 의자에 앉으면 되겠구먼. 그렇게 안심하고 있는데 11시 59분이 되니 아이가 후다닥 뛰쳐나와 피아노 앞에 앉는다. 아뿔싸. 아빠가 치면 좀 안 되겠냐고 사정하니 오후 5시부터 연주할 수 있는 30분은 아빠가 하란다. 그래! 정말 눈물 나게 고맙구나! 시간 제한에서 벗어나 자유롭게 연주하려면 사일런트 피아노를 장만해야 하는데, 그놈의 돈이 '웬수'다.

이러하다 보니 딸과 피아노에 관한 대화를 나누는 일도 잦다. 내가 유튜브에 접속해 피아노 연주를 감상하고 있으면 쫄래쫄래 다가와 무슨 곡이고 누가 연주했느냐며 옆에서 같이 귀를 기울이는데, 그 모습이 그렇게 기특할 수가 없다.

대체로 그 나이 또래 아이들은 손가락을 빠르게 놀리는 기교적인 곡에 관심을 보이기 마련인데, 둘째는 유독 '음색'에 대한 호기심이 충만하다. 한번은 마리아 조앙 피레스*가 연주하는 바흐의 〈아리오소(Arioso, 건반 협주곡

* 마리아 조앙 피레스(Maria Joao Pires, 1944~): 포르투갈 출신의 피아니스트로, 대표적인 모차르트 스페셜리스트이다. 7세에 이미 모차르트 피아노 협주곡으로 무대에 섰다. 따뜻하고 맑은 음색이 독보적이다.

5번 2악장 BWV 1056)〉를 들려주었다. 악상기호가 라르고 (Largo)일 정도로 느린 데다가 고즈넉한 단선율이 주를 이루기 때문에 초등학생에게는 자칫 지루하게 느껴질 수도 있는 곡인데, 아이가 초집중 상태로 끝까지 듣는다.

"아빠, 이 할머니 누구야? 소리가 너무 좋은데?"
"마리아 조앙 피레스라는 피아니스트야. 음색이 아름답기로 유명해."
"나 이 곡이 너무 좋아. 악보 구해 줄 수 있어? 쳐 보고 싶어."
"그렇게 좋았어? 알았어. 구해 줄게."

당장 IMSLP 사이트에 접속해 오케스트라 파트까지 있는 총보를 내려받아 인쇄해 정성스럽게 악보 파일에 끼워 주었다. 총보는 처음일 테니 피아노 파트가 어디인지 알려주었는데, 어느새 피아노 의자에 앉아서는 플랫이 네 개나 붙은 내림가장조 곡을 혼자 낑낑대며 연주한다. 좀 도와줄까도 싶었지만, 여러 번 들었던 곡이니 자기 귀로 판별하며 건반을 찾아내는 것도 좋겠다 싶어 놔두었다. 다만 손가락 번호만큼은 도와주어야 할 것 같아서 개입했다.

"첫 음은 3번 손가락으로 친 후에 바로 1번으로 바꿔 줘야겠어. 이런 식으로 말이야."

"그래? 좀 까다롭네."

"만약 3번 손가락으로 유지하면 다음에 나올 음을 연주
하기가 어렵거든. 프로 연주자들은 어떻게 치는지 볼
까?"

"응. 보여 줘."

"여기 피레스 연주 영상을 보면, 3번으로 연주한 후에 바
로 1번으로 바꾸는 거 보이지?"

"진짜 그렇네!"

아이 손 크기를 감안해 고른 소리를 낼 수 있도록 음표 위
에 적당한 번호를 다음과 같이 적어 주었다.

　바흐 아리오소의 매력에 푹 빠진 둘째는 이 악보를 피
아노 학원에 들고 가서 선생님에게 가르쳐 달라고 한 모
양이다. 아이가 의욕을 보이며 배우고 싶다고 하니 선생
님도 기특하게 여겨 몇 번 가르쳤지만, 다른 곡 팽개치고
이 곡만 연습하는 모습이 발각되어 하농과 체르니나 열심
히 치라는 꾸지람을 듣고 악보를 다시 집으로 가져오게
되었다. 뭔가 꽂히면 뒤도 안 돌아보고 돌진하는 게 나랑
비슷하구나. 후후. 대신 아빠가 집에서 좀 봐 줄게.

　운동이든 악기 연주든 몸을 쓰는 분야는 나쁜 버릇이
들지 않고 좋은 자세를 유지하는 게 중요하다. 피아노 또

Johann Sebastian Bach

BWV 1056

2. Arioso

한 연주 자세의 변화에 따라 음색이 확연하게 달라진다. 나는 어릴 때 얼렁뚱땅 배우다가 잘못된 연주 자세가 몸에 배었는데, 뒤늦게 레슨을 받으면서 올바른 손 모양, 타건 방식 및 어깨 힘 빼는 방법 등을 배운 후 음색이 획기적으로 개선되는 놀라운 체험을 했다.

이 중요한 노하우를 둘째에게 알려 주기 위해 손 모양과 연주 자세 등의 변화에 따른 음색의 차이를 내가 아는 대로 설명해 주었다. 특히 아이가 관심을 가진 연주법은 손가락을 자연스럽게 펴고 손끝의 살이 많은 부분으로 건반을 누르는 주법이었다. 일반적으로 동네 피아노 학원에서는 계란을 살포시 쥔 느낌으로 손 모양을 동그랗게 해서 손톱 바로 아래의 살 부분으로 치라고 한다. 둘째도 다니는 학원에서 그런 연주 자세를 배운 모양이다. 그런데 내가 설명한 방식을 직접 해 보더니 소리가 훨씬 부드럽고 좋다며 자발적으로 손 모양을 바꿔 연주하기 시작했다.

그런데 어느 날 피아노 학원에서 손가락을 동그랗게 오므리라고 엄하게 지적받았나 보다. 스스로 판단해서 더 음색이 나은 연주법을 선택한 건데, 학원에서는 아이의 손 모양이 흐트러진다고만 판단한 모양이다. 그 후로는 선생님에게 레슨 받을 때만 손가락을 동그랗게 오므려 연주하고, 혼자 연습할 때는 손가락을 펴고 연주한단다. 자신의 선택이 맞는다는 것을 증명하고 싶었는지 피아노학원 친구에게 같은 곡을 손 모양 바꿔 가며 들려주고선 어느 연주법이 소리가 더 좋으냐고 물어봤단다. 친구 역시 손가락을 편 쪽이 더 듣기 좋다고 말했다며 똘망똘망하게 얘기한다.

뭔가 대견하면서도 안타까운 마음이 들어, 아이가 손 모양 때문에 피아노 학원에서 한 소리 들었다는 얘기를 피아노 카페 게시판에 털어놨다. 그랬더니 독일에서 피아노를 공부하고 있다는 카페 회원이 다음과 같은 내용의 댓글을 남겼다.

"대가들도 다들 손에 살 많은 부위로 치라고 합니다. 더 따뜻한 소리가 나고, 피드백을 많이 받을 수 있기 때문에요. 사실 어느 정도 손이 펴진 상태가 더 자연스러운 자세이기도 하고요. 물론 강한 소리가 필요할 때라든가 특정한 순간에는 손을 뾰족하게 해서 칠 때도 있고, 빠른 스케일을 연주할 때 약간 구부리기도 합니다. 저는 우리나라 피아노 학원에서 계란 쥐듯이 치라고 하는 게 가장 잘못된 가르침이라고 생각해요. 손가락 구부리고 치는 대가는 제 기억에 없는 것 같습니다. 그리고 이 구부린 듯한 자세 때문에 불필요하게 힘을 주고 치게 되기도 하고요."

사실 이런 얘기를 접한 게 처음은 아니었다. 독일 유학파 선생님에게 레슨받은 경험담을 디시인사이드 도이치 그라모폰 갤러리에 올린 적이 있는데, 그때에도 다음과 같은 댓글이 달렸다.

"손가락 끝에 살이 많은 부분으로 터치하라는 것은 러시아 출신의 전설적인 피아노 교수였던 로지나 레빈 역시 강조했던 부분입니다. 사실 로지나 레빈뿐 아니라 19세기 러시아 피아니즘에선 이런 터치, 즉 부드럽게 노래하는 듯한 터치를 중요시했다고 합니다. 그래서 호로비츠 역시 그렇게도 평평한 손 모양을 고수한 것이 아닌가 싶더군요."

아이가 피아노를 전공하길 바라는 건 아니지만, 취미로 즐기더라도 기왕이면 올바른 연주법을 익히기를 바라기에 고민이 되지 않을 수 없었다. 그렇다고 전공자도 아닌 내가 주제넘게 학원 선생님의 지도법에 이견을 제시할 수도 없는 노릇 아닌가. 그분들도 자신의 지도법에 확신을 가지고 소신껏 아이들을 지도하고 있을 텐데 말이다. 그렇다 보니 아이가 두 가지 주법을 동시에 익히면 더 좋지 않겠냐는 식으로 애써 정신승리하며 상황을 회피하고 있었다.

그러던 어느 날, 베토벤 피아노 소나타 전집을 세 번이나 녹음한 독일의 거장 빌헬름 켐프*의 연주를 둘째와 함께 듣고 있었다. 그 특유의 덤덤함과 담백함 뒤에 깔린 더할 나위 없는 서정성에 젖어 들어 있는데, 아이가 말을 건넨다.

"아빠, 이 할아버지는 살아 있어?"
"아니. 이미 돌아가신 분이야."
"소리가 너무 따뜻하네."
"아빠는 이 할아버지 연주를 들으면 겨울철 난로의 온기가 느껴지는 것 같아."
"정말 그래. 나는 손가락을 빠르게 움직이는 게 피아노를 잘 치는 게 아니라, 좋은 음색을 만들어 내는 게 진짜 피아노 실력이라고 생각해."

아이 입에서 이런 말이 나올 줄이야. 아빠도 네 생각에 완벽하게 동의한단다! 문득 음색을 향한 딸의 진심을 존중하고 이해해 줄 수 있는 선생님을 찾아야겠다는 생각이 들었다. 그래! 간만에 바짓단 좀 펄럭여 보마. 여기저기 물색하다 보면 딸의 진심에 귀를 기울여 주는 곳이 하나라도 있지 않겠는가.

---

* 빌헬름 켐프(Wilhelm Kempff , 1895~1991): 독일 피아노의 정통을 계승한 피아니스트로, 20세기를 대표하는 베토벤 스페셜리스트이다.

공대생처럼 말고 시 낭송하듯이

"연주 너무 잘 들었어요. 피아노 참 잘 치시네요!"

예전에는 연주 동영상에 달린 이런 댓글을 보면 내가 진짜 잘 치는 줄 알았다. 하지만 지금은 덕담이라는 것을 안다. 이성적으로만 따지자면 이 댓글은 명백한 진실을 외면하고 있을지도 모른다. 하지만 감성의 영역에서는 따뜻한 체온이 느껴지는 고마운 글이다. 그런데 사람의 성정이란 게 개체마다 차이가 있다 보니 정규 분포의 극단에 있는 사람에게서 간혹 진실을 담은 언어가 발화되기도 한다.

"공대 나오셨던데, 피아노도 공대생처럼 치시네요."
"기계가 연주하는 것 같아요. 감정이 없어요."

이런 댓글을 남기는 당신이야말로 감정이 없다고 대꾸하고 싶지만, 저 정나미 떨어지는 말이 진실임을 부인하기가 어렵다. 솔직히 한동안 내 연주에는 감정이란 게 거의 실려 있지 않았다. 그나마 전보다 나아진 지금에 와서 돌이켜보면, 내 연주가 목석같았던 데에는 명백한 이유가 있었다. 그에 관한 애기를 좀 해 보겠다.

나는 피아노 연주에 감정을 담는 방법을 깨달은 후로는, 그것이 시 낭송과 꽤 비슷한 맥락을 갖고 있다고 느꼈다. 예를 들어 온 국민이 아는 윤동주의 〈서시〉를 청중 앞에서 낭송할 일이 있다고 해 보자.

시 낭송을 할 때 평소처럼 읽는 사람은 없다. 분위기를 살릴 수 있는 목소리 톤을 찾아내기 위해, 시어의 바다에 빠져들어 다양한 방식으로 되뇌어 본다. 윤동주의 서시라면 역시 차분하고 성찰적이면서도 고뇌가 담긴 톤이 좋겠지. 첫 구절 '죽는 날까지'부터 읊기 시작하는데 그럴싸하게 낭독하는 게 생각보다 만만치 않다. 또박또박 천천히 읽어 보다가 맘에 안 들면, '죽는' 다음에 반 박자 쉬고 들어가 보기도 한다. 목소리가 좀 가볍다 싶으면 턱을 당기고 성대 근육을 긴장시킨다. 수십 번을 이래저래 시도하다가 드디어 맘에 쏙 들어서 쾌재를 불렀지만, 다시 읽으니 그 느낌이 나지 않는다.

시 낭송에서 적절한 감정을 담아낸다는 건 이토록 쉬

운 일이 아니다. 하물며 언어보다 훨씬 추상도가 높은 음악에 감정을 담아내는 일이 수월할 리 있겠는가. 베토벤의 〈엘리제를 위하여〉로 예를 들어 보겠다.

정확한 고증으로 명성 높은 헨레 출판사의 악보를 보자. 일단 무신경한 연주자(과거의 나)는 피아니시모부터 가뿐하게 무시해 준다. 소리는 그저 시원시원하게 잘 들리면 좋은 것이여! 미-레#-미-레#-미-시-레-도, 그렇게 건반을 누르다 보면 피아노에서는 어느덧 자동차 후진 알람이 흘러나온다. 이래서는 도무지 연주에 감정이 실릴 여지가 없다.

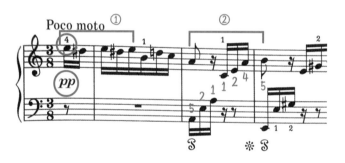

〈엘리제를 위하여〉 헨레 판.

이 곡을 낭송한다고 생각하면 어떨까? 〈서시〉 첫 소절 '죽는 날까지'를 근사하게 읽어 보려고 했던 고생의 절반만 끌어와 보자. 위 악보에서 ①부분을 보면 미-레#-미-

레# 음표가 나오는데, 손가락번호가 4(약지)로 시작한다. 하지만 소싯적에 사용하던 명곡집에는 아래 악보처럼 5번(새끼손가락)이었다.

명곡집에 수록된 〈엘리제를 위하여〉.

주지하다시피 새끼손가락은 힘이 약한 데다가 약지와 근육이 연결되어 있어 어지간히 훈련된 연주자가 아니면 독립적으로 움직이기도 어렵다. 다섯 손가락을 쫙 폈다가 새끼손가락만 굽히려고 하면 약지가 같이 구부러지지 않는가. 명곡집처럼 새끼손가락(5)으로 시작하면 미-레#-미-레#을 5-4-5-4로 연주하는데, 피아노 초심자의 경우 고른 소리를 내기 어렵다. 새끼가 담당하는 '미'는 소리가 작고 약지가 담당한 '레#'은 커서, 미-**레#**-미-**레#** 식으로 부자연스러운 소리가 나기 십상이다.

헨레 악보에서 약지(4)로 연주하라고 지정한 이유는, 미-레#-미-레#을 4-3-4-3으로 연주해 서투른 연주자도 고른 소리를 낼 수 있도록 배려한 것 아닐까 싶다. 시 낭송에서 원하는 목소리 톤을 만들기 위해 턱 위치, 입 모양, 성대 근육 등을 알맞게 조절하는 것과 비슷하다고나 할까.

운지법(fingering)뿐만 아니라 템포나 음량도 고려해야 할 중요한 요소다. 미-레#-미-레# 16분음표 네 개를 오차 없는 정확한 템포로 연주할까? 아니면 앞의 미-레#은 다소 느리게, 다음에 나오는 미-레#은 미세하게 템포를 올려 볼까? 그러면서 깃털 세 개 정도 더 얹는 느낌으로 크레센도를 하면 어떨까? 이런 식으로 아이디어를 확장하다 보면 고작 네 개의 음을 연주하는 데도 수십 가지 방식이 나온다. 그렇게 템포와 음량이 미세하게 흔들리면 듣는 이의 마음도 출렁이기 시작한다. 변화가 없는 곳에는 설렘이 존재할 수 없을 테니.

71쪽 악보에서 ②로 표기된 부분을 보자. 16분음표로 이루어진 분산화음이 나오는데 손가락번호는 5-2-1-1-2-4-5 순서다. 앞의 5-2-1을 왼손이 담당하고 뒤의 1-2-4-5는 오른손이 담당한다. 이 분산화음을 별다른 고민 없이 누르면 십중팔구 5번(새끼손가락)이 담당하는 음은 약하고 1번(엄지) 음은 튄다. 그 결과 매끄럽게 흘러가야 할 분산화음이 자갈길을 달리는 마차처럼 불규칙적으로 튄다. '모든↗ 죽어↗가는↗ 것↘을↗ 사↗랑해↘야지↗'라고 서시를 낭송(?)하는 초등학생의 모습이 겹쳐 보이지 않는가.

②를 매끄럽게 연주하기 위해서는 내 연주 소리를 현미경 보듯 세심하게 들으며 각 손가락의 힘을 적절하게 조절해야 한다. 새끼손가락은 힘을 더 주고 엄지손가락은 부드럽게 누르며, 상승하는 분산화음에 어울리도록 살포시 크레셴도를 가미한다. 이 과정에서 초등학생 국어책 읽기 같던 분산화음은 아나운서의 맵시 있는 낭독으로 변모한다.

목석같은 연주를 하던 시절의 나는, 단 한 번도 이런 종류의 고민을 해 본 적이 없었다. 음표를 확인한 로봇이 손가락을 하강시켜 해당 건반을 누르듯, 일차원적 행동으로 일관했다. 이 행위를 통해서 유발될 수 있는 것이라고는 일차원적인 결과물뿐이었다. 바로 단조로움. 내 손가락이 만들어 내는 소리를 세심하게 들어 본 적이 없으니 그게 얼마나 단조로운지조차 몰랐으며, 그 한없는 둔감함이 '공대생처럼 치시네요'라는 감정 돋우는 댓글을 불렀다.

물론 과도한 감정 이입과 음량 및 템포의 변화는 난삽함만 초래해 음악적 흐름에서 개연성이 약화되기도 한다. 하지만 대체로 나 같은 방구석 연주자에게 시급하게 요청되는 것은 감정적 절제가 아니라 리비도 대방출이다. 브람스 〈인터메조 Op.118 No.2〉로 개인 레슨을 받을 때 선생님이 강조한 얘기가, 취미 연주자는 '이렇게 느끼하게 쳐도 되나' 싶을 정도로 과장되게 연주해야 그나마 연주에 감정이 실린다는 것이다. 동영상을 촬영해 본 사람은 알 것이다. 평소보다 과장된 목소리와 몸짓으로 연기해야 영상에서는 오히려 자연스러워 보이지 않던가.

더할 나위 없이 자연스러우면서도 감정이 풍부하게 살아나는 연주의 배후에는, 이렇듯 수면 밑 백조의 발길질과 같은 생고생이 숨어 있다. 막힘없이 술술 읽히는 이 글이 고된 고쳐 쓰기의 결과물인 것처럼 말이다. 음표 하나하나에 시구 이상의 의미를 부여하며 정성을 담아 건반을 누르고(낭송하고), 설득력 있는 음향을 찾아내기 위해 끊임없이 건반과 페달을 탐구할 때만이 듣는 이에게 감동을 불러일으킬 수 있다. 건성으로 치는데 건성으로 들리는 건 자명하지 않겠나.

악마에게 혼을

팔아서라도

잘 치고 싶은

끊어 칠까, 이어 칠까
바흐의 인벤션

왼손은 반주, 오른손은 멜로디! 바이엘 소품부터 쇼팽 발라드까지 대다수 피아노 연주곡이 취하는 전형이다. 왼손이 노래방 기계라면 오른손은 노래 부르는 마이크랄까? 여하튼 대체로 그러한데, 이 스테레오 타입을 완전히 허무는 피아노 교재가 있으니 바로 J.S.바흐의 〈인벤션(Invention)〉이다.

예전엔 보통 체르니 30번을 들어가면서 바흐 〈인벤션〉도 배웠는데, 앞서 배운 곡과 너무나도 다른 스타일에 대부분 당황하며 '멘붕'에 빠진다. 도대체 어떻기에? 방금 전에 피아노 연주곡 대부분은 왼손이 노래방 기계이고 오른손은 마이크라고 했다. 왼손이 신나게 반주 넣어 주면 오른손은 그에 맞춰 노래를 불러 젖힌다. 그런데 바흐 인벤션에서는 노래방 반주가 사라지고 대신 마이크가 추가된다. 왼손도 마이크, 오른손도 마이크.

J. E. Jonasson

Cuckoo Waltz

무슨 얘기인지 모르겠다고? 구체적인 예를 들어 살펴보자. 왼쪽의 〈뻐꾹 왈츠(Cuckoo Waltz)〉 악보를 보면 왼손은 쿵짝짝 삼박자 반주를 넣고, 오른손은 우리에게 친숙한 그 멜로디를 연주한다. 이게 바로 왼손은 노래방 기계, 오른손은 마이크!

이번에는 바흐 〈2성 인벤션(2 Part Invention, BWV 773)〉 중에서 두 번째 곡 악보다. 다음 페이지를 살펴보면 〈뻐꾹 왈츠〉와는 달리 왼손 파트도 오른손처럼 멜로디를 연주한다. 나만 반주하는 건 싫어! 나도 마이크 잡고 노래 부를래, 라고 정색하는 것처럼.

먼저 연주를 시작한 오른손이 두 마디 길이의 주제 선율을 노래하면 이윽고 왼손도 합류해서 (반주가 아니라) 노래를 부르기 시작한다. 게다가 흥미로운 것이, 오른손이 부른 선율을 한 옥타브 아래에서 똑같이 따라 부른다. 그렇다. 돌림노래 형식인 '캐논'이다. 왼손이 주제 선율을 연주하는 동안 오른손에서는 그에 어울리는 새로운 선율이 펼쳐진다.

그동안 왼손 반주, 오른손 멜로디에만 익숙했던 피아노 학습자는 오른손과 왼손으로 동시에 다른 선율을 연주하려니 신경이 분산되어 헷갈리고 정신 사납다. 완벽한 양손잡이가 아닌 이상 한쪽은 상대적으로 어설프기 마련인데, 미숙한 쪽의 연주는 음표에 따라 건반을 누르기에

Johann Sebastian Bach

BWV 773
2 Part Invention No. 2

만 급급하고 음도 고르지 않다.

바흐 인벤션의 이 독특한 스타일을 이해하기 위해서는 다성음악(多聲音樂)이라는 개념을 알아 둘 필요가 있다. 다성음악은 문자 그대로 여러 성부가 있는 음악이다. 합창단의 소프라노, 알토, 테너, 베이스 같은 걸 떠올리면 되겠다. 소프라노, 알토, 테너, 베이스면 마이크가 네 개니까 4성부다. 바흐 〈인벤션〉은 2성부 15곡, 3성부 15곡, 해서 전체 30곡의 소품으로 구성되어 있다. 예상하다시피 3성부 곡이 2성부 곡보다 연주하기 어렵다. 손 두 개로 마이크 세 개를 감당해야 하니까.

어린 시절 인벤션과의 첫 만남은, 나 역시 다른 이들과 크게 다르지 않았다. 뻐꾹 왈츠처럼 쿵짝짝 반주나 해야 할 왼손이 뜬금없이 오른손과 동등한 존재감으로 멜로디를 연주하는데, 이게 대체 뭔가 싶었다. 가뜩이나 오른손도 잘 안 돌아가는 판국에 그보다 더 어리바리한 왼손이 잘 따라와 줄 리가 없었다. 이를 악물고 왼손에 온 신경을 집중해서 문제가 좀 해결되나 싶으면, 이번에는 그나마 잘 돌아가던 오른손에서 문제가 발생한다. 왼손에 집중하다가 오른손을 놔 버린 탓이다. 이렇게 오른손과 왼손이 '덤 앤 더머'가 되니 점입가경이었다. 2성부 인벤션도 이러니, 난이도가 더욱 높은 3성부는 언감생심.

하지만 서양 음악에서 매우 중요한 역할을 하는 '다성

음악' 양식을 익히기 위해서는 필수로 연습해야 하는 곡이다. 복수의 선율이 독립적으로 움직이면서도 시시각각의 수직적 울림에서 조화를 이루는 그 청각적 장관을 내손으로 재현한다니, 꽤 근사하지 않은가. 꾸준히 연습하고 시나브로 실력이 향상되니 내 연주가 점점 음악 비스름한 것이 되어 갔다. 물론 여전히 바흐가 의도한 울림과는 거리가 있지만. 왼손 반주 오른손 멜로디 방식으로는 체험하기 어려운 다성음악만의 독특하고 오묘한 매력에 빠져들게 되었다.

당시(중학생 때) 얼마나 바흐의 다성음악에 빠져들었는지를 보여 주는 증거가 지금도 집에 남아 있는데, 바로 아래의 사진이다.

누가 보면 전공자인 줄 알 듯? (탐'독'까지는 못하고 탐하기만 했던) 다성음악을 향한 맹목적 사랑의 증거들.

책 여섯 권 제목에 공통적으로 '대위법(對位法)'이라는 단어가 보인다. 대위법은 쉽게 말하자면 다성음악을 작곡하는 법칙이다. 생각해 보라. 세 사람이 마이크 세 개로 멋대로 노래를 부르면 그 멜로디가 서로 어울리고 조화를 이룰 수 있겠는가. 각 성부가 다른 성부의 존재를 고려하고 배려하며 철저하게 계산 및 계획된 대로 움직여야 비로소 조화로운 소리가 생성된다. 그런 선율을 만들기 위해 지켜야 할 규칙을 집대성한 것이 바로 '대위법'이다. 저 여섯 권 중 세 권을 중학생 때 구입했으니, 당시 다성음악에 몹시 진심이었던 건 명백하다.

그나저나 이런 얘기 하면 저거 다 읽었냐고 묻는 사람 꼭 있더라. 사람을 꼭 그렇게 코너로 몰아붙여야겠나? 중학생이 음악에 홀려 충동구매했다가 앞부분 찔끔 읽고는 바로 '현타' 왔다는 정도만 얘기하련다.

중년이 되어 새롭게 심기일전해 피아노를 치게 되었다. 소싯적 귓가에 달달하게 울리던 〈소녀의 기도〉나 〈은파〉 악보를 다시 꺼내 들었던 적은 없다. 이 나이 되어서까지 솜사탕을 사 먹지는 않으니까. 하지만 바흐 〈인벤션〉은 여전히 꼬박꼬박 연습한다. 곡이 귀와 손에 익고 연주가 전보다 나아질수록 이전에는 미처 몰랐던 새로운 매력을 발견하기 때문이다.

게으른 베짱이 페이스이지만 누가 뭐라든 나만의 속도

로 꾸준히 〈인벤션〉을 연습했더니 피아노 연주 실력 향상에 상당히 긍정적인 효과가 있었다. 대가 중의 대가인 바흐가 자식의 음악 교육 용도로 만든 곡이라더니 역시 다르긴 다르네! 오른손과 왼손이 독립적인 멜로디를 연주하니 상대적으로 취약한 왼손 단련에 특히 탁월한 효과가 있었다.

바흐는 인벤션 연습을 통해 칸타빌레(cantabile) 주법을 익히라고 자필 악보에 적기도 했다. 칸타빌레는 '노래하듯이' 연주하라는 의미다. 악보에 적힌 음표만 확인하며 초등학생 국어책 읽듯이 건반만 눌러 대서는 도무지 칸타빌레가 될 수 없다. 희로애락이 없는데, 감정이 실리지 않았는데, 어떻게 노래가 될 수 있겠는가. 가수 김연자 씨가 무대에 올라 '단장의 미아리 고개'를 구성지게 부르다가 클라이맥스에서 "여보오오오~" 하며 절규하는 느낌으로 건반을 누르라는 것이다.(이건 너무 오버인가?)

주제 선율이 어느 손에 등장하느냐에 따라 양손의 음량을 조절해야 한다. 대체로 주제 선율을 연주하는 쪽 손의 음량을 살짝 올려 주제 선율을 부각한다. 가수 두 명이 듀엣으로 부를 때에도 주제 선율을 담당하는 쪽이 좀 더 크게 부르는 것과 같은 이치다.

집에서 취미로 슬렁슬렁 연주하는 허접한 아마추어 주제에 바흐 〈인벤션〉 정도 치면서 무슨 프로나 되는 것처럼 그렇게 진지 빨며 폼 잡느냐고 할지 모르겠다. 그러면, 방구석 와인 애호가는 샤또 라피트 로칠드를 마시면 안 되는가? 방구석에서 대충 마셔 대는 허접한 혓바닥도 고급 와인을 원할 수 있듯이, 아마추어의 고막도 더욱 품격 있는 공기의 떨림을 추구할 수 있는 법이다. 심지어 그 떨림을 내 손가락으로 구현한다면 그 뿌듯함은 이루 말로 할 수 없지 않을까.

게다가 내가 앞서 칸타빌레가 어쩌고, 양손의 음량 조정이 어쩌고저쩌고했는데, 솔직히 프로의 관점에서 보면 기본의 기본에도 미치지 못하는 수준의 얘기다. 당장 전공생 수준으로만 들어가도 곡 해석에 있어서 차원이 다른 세계가 펼쳐진다.

예를 들어 이런 식이다. 바흐가 살던 시대에는 지금 우리가 사용하는 피아노가 없었다. 현대의 피아노(정식 명칭은 '피아노포르테')는 건반을 누르면 연결된 해머가 현을 때리고, 그렇게 생성된 소리를 울림통으로 증폭하는 악기다. 이전의 건반악기와 비교해 음색이 훨씬 다채롭고, 셈여림 표현이 자유로우며, 페달을 사용해 음을 길게 지속하는 것도 가능하다. 하지만 바흐 시대의 하프시코드, 클라비코드 같은 건반악기는 음색도 단조롭고 소리도 작으며, 셈여림 표현이 매우 제한적이고, 건반을 눌러 생성된 소리가 금세 죽는다. 그렇다 보니 선율을 연주하더라도 음이 이어지지 않고 툭툭 끊어진다.

바흐는 당연히 하프시코드, 클라비코드의 소리를 염두에 두고 건반음악을 작곡했다. 사정이 이러하니 바흐의 건반음악을 현대의 피아노로 연주할 때 레가토(legato) 주법으로 부드럽게 연결해서 치는 것은 적절하지 않다. 음표마다 살짝 끊어 치는 식의 논 레가토(non legato) 혹은 스타카토 주법을 사용해야 바흐의 작곡 의도대로 옛 건반악기의 느낌을 살려 연주할 수 있다. 이런 주법을 모든 음표에 고르게 적용하는 동시에 '노래하듯이(칸타빌레)' 연주해야 하니, 이게 참으로 만만치 않은 일이다.

물론 반론도 있다. 굳이 훨씬 성능 좋은 악기를 갖다 놓고는 옛 악기 스타일로 연주할 필요가 있느냐는 거다.(나도 그렇게 생각하는 편이다.) 바흐가 타임슬립해서 현대의 피아노를 연주한다면 악기 성능 좋아졌다고 오히려 반가워하지 않겠나. 게다가 인벤션을 연습할 때 '칸타빌레' 주법을 익히라고 바흐가 자필로 악보에 써 놨다. 노래 부르듯이 연주하려면 툭툭 끊어 치지 말고 자연스럽게 이어 주는 레가토 주법이 더 낫지 않을까. 일부러 100% 메밀 면발처럼 툭툭 끊어서 치느니, 차라리 하프시코드나 클라비코드로 연주하는 편이 바람직해 보인다.

여기까지 쓰고 숨 돌릴 겸 바흐 스페셜리스트인 글렌 굴드의 연주를 유튜브에서 찾아 들었다. 논 레가토와 스타카토를 최대한 활용해 툭툭 끊어 연주하는데, 흘러나오는 소리에 홀려 떡 벌어진 입을 다물 수가 없다. 내가 직접 연주했던 곡이라 음표 하나 쉼표 하나 빠짐없이 들리니, 천 길 낭떠러지 같은 격차가 고통스러울 정도로 생생하다. 완전 미쳤구나. 저세상 연주다. 이내 엄청난 회의감이 밀려온다. 방구석 아마추어라는 방어막을 쳤다지만 나 따위가 바흐를 연주해도 되는 걸까? 의욕이 머리카락이라면 모근까지 완벽하게 뽑혔다. 방구석 아마추어 심정도 이러한데, 프로 피아니스트라면 과연 어떤 감정이 들까? 이럴 땐 인간에게 망각의 능력이 있다는 게 그나마 위안이 된다. 나는 절대로 아마추어의 선을 넘어가면 안 되겠구나.

제가 잘못 생각했습니다. 글렌 굴드 님이 옳습니다. 역시 면발은 100% 메밀면이 갑이네요.

악보에 숨겨진 메시지를 찾아서
브람스의 인터메조 Op.118 No.2

〈인터메조 Op.118 No.2〉는 독일의 작곡가 요하네스 브람스가 환갑이 넘은 1893년에 작곡한 피아노 소품이다. 드라마 〈밀회〉, 영화 〈색,계〉 등에서 배경음악으로 사용될 정도로 대중적인 곡이지만, 드라마나 영화를 잘 보지 않는 탓에 내가 이 곡의 매력을 제대로 인지한 것은 꽤 늦은 2020년이었다. 음악 관련 유튜브 채널에서 안종도 피아니스트가 한 음대생에게 이 곡을 레슨하는 영상을 봤는데, 브람스의 고향인 독일 북부 항구도시 함부르크의 저녁놀에 빗대어 곡에 흐르는 정서를 해설하는 게 무척 인상적이었다. 안종도 피아니스트는 함부르크 국립음대에서 박사학위를 받았으니, 그에게도 함부르크는 남다른 의미의 도시일 테다.

'Andante teneramente(다소 느린 템포로 부드럽게)'의 가장조(A major)인 이 곡은 브람스 만년 작품이라 그런지 뭔가

지나온 삶을 관조하는 느낌이 들면서도, 특정 대상을 향한 다정함과 애절함이 뒤섞인 아련함이 처음부터 끝까지 일관되게 흐르고 있다. 연주 시간 5분짜리 소품이지만 단어 하나, 점 하나 덜어 낼 수 없는 밀도의 운문으로 꽉꽉 눌러 채운 느낌이다. 곡이 자아내는 이러한 특유의 분위기 때문에 드라마나 영화의 배경음악으로 두루 쓰였겠지.

관련 정보를 찾아보니 브람스는 이 곡을 '클라라 슈만'에게 헌정했다고 한다. 그제야 이 곡 전반에 걸쳐 흐르는 절절한 정서의 원천을 이해할 수 있었다. 클라라 슈만은 당대에 손꼽히는 피아니스트이자 작곡가 로베르트 슈만의 아내다. 브람스와 클라라의 인연은 1853년으로 거슬러 올라간다. 당시 20살이었던 브람스는 지인의 추천으로 슈만의 집을 방문해 로베르트와 클라라에게 자신의 곡을 연주할 기회를 가졌다. 브람스의 연주에 충격과 감명을 받은 슈만 부부는 적극적인 후원자가 되어 브람스라는 천재의 등장을 널리 알렸다. 하지만 우울증을 앓던 슈만은 증세가 심해져서 라인강에 투신해 자살을 시도하는 일까지 벌이다가 결국 정신병원에 입원하고, 1856년에 그곳에서 사망한다.

이 어려운 시기에 청년 브람스는 한동안 슈만의 집에 기거하며 마치 고용된 집사인 것처럼 궂은일을 마다하지 않았고 온 힘을 다해 도왔다. 로베르트의 마지막 순간을 지켜보기 위해 클라라와 함께 정신병원을 방문하기도 했는데, 심지어 브람스의 어머니가 자식에게 편지를 보내왜 재능을 낭비하고 인생을 허비하느냐며 나무랄 정도였다. 이 과정에서 클라라는 브람스에게 큰 신뢰를 느끼게되었고, 브람스는 세계적인 피아니스트이자 기품 있고 우아하며 어딘가 우수에 찬 듯한 인상의 14살 연상 여인에게 깊은 애정을 느끼게 된다.

브람스는 자신을 《젊은 베르테르의 슬픔》의 주인공 베르테르에 빗댈 정도로 클라라에 대해 애절한 마음을 지니고 있었다. 하지만 클라라에게 중요한 단 한 사람은 로베르트였다. 클라라는 로베르트 사후 40년이 지난 1896년에 사망할 때까지 독신으로 살았다. 사망 후 로베르트의 묘지에 함께 묻혔으며 묘지에는 클라라의 요청대로 자신이 로베르트를 바라보는 형태의 기념비가 세워졌다. 죽어서도 오직 남편만을 바라보겠다는 것이다. 이러한 일편단심 클라라를 가슴 깊이 사랑한 브람스 역시 평생을 독신으로 지내다가 클라라가 사망한 이듬해인 1897년에 급속히 쇠약해져 세상을 뜬다.

브람스와 클라라는 여느 가족 구성원 이상의 신뢰와 애정을 갖고 평생을 교류했지만, 진정한 가족의 구성원이 될 수는 없었다. 브람스는 클라라의 73세 생일에 보낸 편지에서 이러한 자신의 처지를 다음과 같이 표현했다.

40년이라는 세월을 독신으로 살다 결국 남편 곁에 묻힌 클라라의 헌신적인
사랑. 대중은 확실히 이런 이야기를 좋아한다. 두 사람이 매우 금슬
좋은 부부였던 것은 사실이다. 하지만 클라라가 슈만의 아내로 살면서
음악가로서의 역량을 한껏 펼치지 못한 점을 간과해서는 안 된다.

이 불쌍한 이방인이 오늘만은 당신에게 이런 말을 할 수
있도록 허락해 주시길. 변함없는 존경을 담아 당신을 생
각하고 있으며, 나에게 가장 소중한 당신에게 모든 선함
과 친절함과 아름다움이 가득하기를 진심으로 소망합니
다. 나는, 불행히도 그 어느 누구보다, 당신에게 이방인인
사람입니다.

−1892년 9월 13일

클라라에 대한 수십 년의 순애보와 회한이 담긴 곡이 바로 〈인터메조 Op.118 No.2〉이다. 음악 자체도 너무나 인상적이지만, 드라마 같은 뒷이야기까지 더해지니 오줌 마려워 전전긍긍하는 아이마냥 끓어오르는 연주 욕망을 억누르기 어려웠다. 일단 꽂히면 엄청난 조급함과 번개 같은 실행력이 발동하는 나는, 종이 악보를 주문하고 기다리는 시간조차 참을 수 없어 바로 인터넷을 검색해 PDF 파일 악보를 내려받아 태블릿 PC에 띄워 놓고 곧장 연습에 돌입했다. 그렇다. 가족에게 '못 할 짓'이 또다시 시작된 것이다.

가끔 집에 손님이 오면 흥이 올라 내가 직접 피아노 연주를 들려주는 경우가 있다. 곡 하나를 그럭저럭 연주해 내면 손님이 손뼉을 치며 아내에게 "남편이 피아노 잘 쳐서 좋겠어요"라고 덕담을 건네는데, 그럴 때면 아내가 꼭 하는 말이 있다.

"지금 딱 결과물만 들으셔서 그렇게 얘기하시는 거예요. 저는 남편이 저렇게 치게 되는 과정을 계속 들었잖아요. 그게 참 못 할 짓이에요."

곡에 대한 애정이 클수록 연습 빈도와 강도가 상승하는데, 브람스 〈인터메조 Op.118 No.2〉는 '인생 곡'의 반열에

오를 정도로 취향을 저격당했으니 얼마나 쳐 댔겠나. 연습의 빈도와 강도가 상승한 만큼 아내와 두 딸의 구박도 한층 강화된 것은 당연지사.

하지만 클라라와 브람스가 우정과 신뢰와 사랑을 나누며 겪었던 세간의 구설과 마음고생에 비하면 이 정도는 거뜬히 참을 만하다. 이 곡이 내 손으로 온전하게 연주되는 순간 브람스와 클라라의 사랑이 완성된다는 각오로 특훈에 돌입했다. 일단 테크닉 문제를 극복하는 것부터가 관건이었다. 들을 때는 평이하게 느꼈는데, 막상 악보를 펴 놓고 한 음 한 음 직접 누르니 아마추어 방구석 연주자에게는 다소 버거운 난이도였다.

열 번 찍어 안 넘어가는 나무 없다고 매일매일 꾸준히 연습하니 벅차게만 보였던 기술적 난관이 차츰 해결되었다. 어느새 악보에 그려진 음표대로 건반을 누를 수 있는 수준까지는 도달했다. 하지만 진정한 어려움은 이제부터다. 소리(sound)를 음악(music)으로 만드는 일이 남은 것이다. 주요 선율이 자연스럽게 인식될 수 있도록 최상성부 음을 베이스나 내성부보다 도드라지게 연주하며, 적재적소에 필요한 만큼만 페달을 밟아서 소리의 울림이 풍성하면서도 지저분하지 않도록 조절한다. 기분 내키는 대로 연주하다가 머나먼 달나라로 가지 말고, 악보 곳곳의 악상기호를 최대한 존중해 작곡가의 의도에 어긋나지 않도록 주의한다.

이런 사항들을 세심하게 살피면서 프레이징(phrasing)*이 살아 있는 제대로 된 음악을 만들어 내려면, 연주할 때 두 귀를 통해 자신의 소리를 실시간으로 듣고 판단할 수 있어야 한다. 그러기 위해서는 곡이 손에 상당히 익어서 손가락 움직임을 신경 쓰는 일로부터 자유로워야 한다. 일종의 유체이탈이랄까? 그렇게 자신의 소리를 객관화해서 듣지 못하면, 그저 음표에 적힌 대로 무미건조하게 건반만 누르는 자동인형이 되기 쉽다. 요컨대 기술적 문제에서 어느 정도 자유로워야 자신의 연주를 곱씹으며 음악을 만들 여력이 생긴다.

지난한 과정을 통해 점진적으로 곡의 내면으로 스며들다 보면, 손가락 신경 쓰느라 분주할 때는 미처 발견하지 못했던 비밀의 화원이 눈앞에 펼쳐진다. 악보 곳곳에서 브람스가 숨겨 놓은 작곡 의도가 보이기 시작하는데, 어려운 퍼즐을 풀어낼 때 느낄 법한 짜릿함을 경험할 수 있다. 예를 들자면 이런 것이다.

---

* 프레이징이 글의 문장이나 문단에 해당한다면, 아티큘레이션은 띄어쓰기나 쉼표에 해당한다고 할 수 있다. 둘 다 한 곡을 어떤 호흡으로 끌어갈 것이냐에 관한 연주 주법으로, 프레이징이 음과 음 사이를 연결하여 선율을 나누는 방법이라면, 아티큘레이션은 프레이징 안에서 레가토, 논 레가토, 악센트 등으로 한 음 한 음 소리 내는 방법이라고 할 수 있다.

아래 악보를 보면 '모티브'라고 빨간색으로 표시해 놓은 곳이 있다. 최상성부의 멜로디를 보면 '도#-시-레, 도#-시-라'로 움직인다. 이 짧은 모티브가 다양한 방식으로 곳곳에 등장하며 곡에 통일성과 형식미를 부여한다. 구체적인 몇몇 사례를 살펴보자.

98쪽의 악보는 곡의 28~37마디 부분을 옮긴 것이다. ①, ②, ③, ④로 표기한 곳을 보면 앞선 악보에 나오는 '모티브'의 앞부분 음형을 베이스 성부에서 활용했음을 알 수 있다. espress.(표정을 풍부하게)라는 악상기호에서도 알 수 있듯이 감정을 표출하는 부분인데, 격정의 원심력이 자칫 곡의 구조를 흔들 수 있는 상황에서 베이스의 '모티브'가 구심력으로 작용해 균형을 잡아 준다. ④에서 베이스 '도' 음에 제자리표를 넣어 앞선 ①, ②, ③과는 사뭇 다른 분위기를 연출한 것도 절묘하다. 브람스의 의도를 읽어 낸 피아니스트들은 ①, ②, ③, ④부분에서 의도적으로 베이스의 모티브 음이 잘 들리도록 연주하기도 한다.

④번 부분을 지날 때쯤 calando(점점 여리게)라는 악상기호가 나오고, 이어서 내가 무척 흥미롭게 여기는 ⑤부분이 등장한다. 이 부분을 자세히 들여다보면 최상성부에서 '모티브'가 전위(轉位, inversion)되어 나타남을 알 수 있다. 멜로디가 거꾸로 뒤집혔다는 뜻이다. 모티브의 원래 음형은 '도#-시-레, 도#-시-라'인데, 이게 '솔#-라-파#, 솔#-라-시' 그러니까 반대 방향으로 움직인다. 모티브에서는 '시-라'가 7도 상행이지만, 전위되어 나타나는 ⑤에서는 '라-시'로 7도 하행인 것이 특히 인상적이다. 브람스는 이곳에 dolce(감미롭게)라는 악상기호를 적었는데, 앞선

격정적인 음표들을 거치며 흐른 눈물을 닦고 차분하게 마음을 다스리는 듯한 분위기를 자아낸다.

곡의 종지부에서도 '모티브'는 존재감을 드러낸다. 아래 악보에서 ①로 표시한 부분을 보면 상성부와 베이스 가운데에 샌드위치처럼 낀 내성(內聲, inner voice)에서 모티브 '도#-시-레, 도#-시-라'가 등장한다. 피아니스트들은 여기서 모티브의 존재를 드러내기 위해 내성부의 음이 잘 들리도록 연주하며, 마지막 마디 화음에서는 모티브 멜로디를 구성하는 최상성부 '라'음을 강조하며 마무리한다.

악보에 '지속음'이라고 표기해 놓은 부분도 무척 인상적이다. cresc. un poco animato (점점 크게, 약간 활기 있게)라는 악상기호가 나오는데, 이 부분을 들어 보면 잔잔한 마음에 작은 조약돌이 떨어지고 그 지점을 중심으로 파문이

일렁이며 점차로 퍼져 나가 가슴 전체를 따뜻하게 채우는 느낌이다. 오른손의 멜로디는 그러한 파문을 표현하듯 일렁이는데, 왼손 베이스에서는 대조적으로 '라'음이 고집스럽게 이어진다. 지속하는 '라' 음이 클라라에 대한 일편단심을 표현했다면, 오른손의 일렁임은 여전히 20대 청년처럼 맥동하는 자신의 심장을 표현한 것 아닐까.

곡에 숨겨진 작곡가의 의도를 하나씩 발견할 때마다 마치 치밀하고 교묘하게 설계된 건축물을 감상하는 느낌이 든다. 브람스의 원숙함에 경탄하지 않을 수 없다. 형식과 구성 등 작곡 기법에만 매몰되면 음악의 자연스러움을 훼손하기 쉽고, 반대로 즉흥적이고 즉자적인 아름다움만 추구하다 보면 곡의 뼈대가 허약해지기 마련이다. 브람스는 이 소박한 피아노 소품에서 정교하게 계획된 형식과 구조 위에 아이가 동요를 흥얼거리는 듯한 자연스러움을 담아냈다. 극한에 다다른 내용과 형식의 일치는 브람스라는 작곡가의 탁월함을 여실히 증명한다.

곡을 분석해 들어가다 보면, 클라라와 브람스의 관계 같은 개인적이고 구체적인 경험들이 가장 추상적인 예술이라 할 수 있는 음악의 형식을 빌려 보편성을 획득하는 과정을 목도하게 된다. 우리는 음악을 들으며 굳이 클라라와 브람스 사이의 사랑을 떠올리지 않더라도, 심지어 그런 배경을 모르더라도 음악 자체의 순수한 울림만으로 감동받는다. 나아가 각자 경험의 사진첩 속에서 보편화된 음악이 건드리는 구체적인 순간을 끄집어내 지극히 개인적인 감상에 빠져들기도 한다. 그것이 안종도 피아니스트에게는 함부르크의 저녁노을이고, 누군가에게는 또 다른 생생한 감각으로 제각각 모습을 드러내는 것이다. 요컨대 작곡가 개인의 삶이 음악이라는 보편으로 확장되고, 보편의 음악이 다시 청자들의 구체적 삶으로 흘러들어가 자신만의 방식으로 음악을 향유하게 된다. 이것이 구체성과 보편성을 넘나드는 음악의 놀라운 힘이다.

첫 개인 레슨, 전문가의 터치 하나로 달라졌다

소싯적 피아노 학원을 다녔지만 당시 동네 학원이 대체로 그렇듯이 대충 손가락 돌아가면 진도 나가기 바빴다. 학생은 한 번 연습하고는 두세 번 했다고 표기하기 일쑤며, 학부모는 왜 우리 애만 여태 체르니 100번 치냐고 닦달한다. 이런 상황에서 학원 선생님이 학생에게 음표 하나하나 꼼꼼하게 가르치기를 기대하는 건 무리다.

그래서 전공이든 아니든 피아노에 진지하게 접근하는 이들은 종종 개인 레슨을 받는다. 나 역시 피아노에 나름 진심인 편이지만 초등학생 두 딸의 피아노 학원비 지출도 있는 데다가, 일단 스스로 악보를 읽고 연습할 수 있으니 개인 레슨은 논외로 여겼다. 브람스 〈인터메조 Op.118 No.2〉를 만나기 전까지는 말이다.

이 매력 터지는 곡이 내 의식 너머에 존재하는 원초적

영역을 제대로 건드렸는지, 몇 달 내내 이 곡만 연습하고 여러 피아니스트의 연주를 지겹도록 비교하며 들었다. 고된 시간 끝에 처음부터 끝까지 연주할 수 있게 되었지만, 이미 세계적인 피아니스트들의 연주에 익숙해져 고급화된 내 귀에는 턱없이 부족했다. 게다가 좋아하는 마음이 커질수록 그만큼 더 잘 치고 싶은 욕망도 커졌다. 적어도 이 곡만큼은 아마추어 방구석 연주자로서 다다를 수 있는 가장 높은 곳에 오르고 싶었다.

한계에 봉착했다는 판단이 서자 자연스럽게 '개인 레슨'을 떠올리게 되었다. 인터넷으로 검색하고 직접 전화를 걸어 문의한 끝에 여의도에 위치한 성인 피아노 학원을 선택했다. 집에서 더 가까운 곳도 있지만 굳이 이곳을 선택한 이유는, 야마하 그랜드 피아노로 레슨을 받을 수 있기 때문이다. 좋은 피아노일수록 섬세한 표현이 가능하니, 가능한 한 높은 곳을 지향하는 내 입장에서는 야마하 그랜드 피아노로 레슨을 받고 싶었다.

2021년 11월 6일에 여의도의 학원을 방문했다. 한 달 치 학원비를 결제하면 개인 레슨을 네 번 받을 수 있는데, 이날이 첫 레슨이었다. 적지 않은 학원비를 투자했으니 최대한 뽕을 뽑겠다는 일념으로 한 시간 일찍 학원에 도착해서 업라이트 피아노가 있는 연습실에서 열심히 손을 풀었다. 드디어 생애 첫 피아노 개인 레슨을 받기 위해 야마하 그랜드 피아노가 놓인 16번 방으로 들어갔다.

젊은 남자 선생님이 건네는 인사에는 수많은 사람을 가르쳐 본 이 특유의 여유가 우러나왔다. 브람스 〈인터메조 Op.118 No.2〉를 완성도 있게 치고 싶다고 하니, 한번 들려달라고 요청한다. 드디어 시작됐구나!! 심호흡하고 다소 긴장된 상태로 첫 음을 누르기 시작했다. 야마하 그랜드 피아노의 생소한 건반 터치감과 음향에 다소 당황했지만 이내 적응한 후 나름 몰입해 처음부터 끝까지 무사히 연주를 마쳤다.

"이야! 잘 치시는데요? 윗소리도 잘 살리시고요."
"정말요? 감사합니다. 집에서 나름 열심히 연습했어요."
"음, 그러면 제가 전공생한테 하는 방식으로 레슨할게요."
"헉! 제 실력으로 가능할까요?"
"그럼요. 충분히 가능해요."

그 뒤로 이어진 레슨은 '잘 치시는데요?'가 얼마나 방구석 아마추어에게 국한된 표현이었는지를 절감한 순간들이었다. 오랜 시간 꽤 열심히 연습하고 준비했기 때문에 내심 손볼 곳이 그렇게 많겠냐 싶었는데, 이게 얼마나 큰 착각이었는지는 첫날부터 적나라하게 드러났다. 고치지 않은 구석을 찾기가 힘들 정도로 너덜너덜해졌다는 게 정확한 표현일 것이다.

일단 건반을 누르는 방식부터 잘못되었다. 나는 곡의 악상기호가 대체로 피아노(p)이니 여리게 연주하겠다는 생각에 건반을 최대한 살살 눌렀다. 그러다 보니 끝까지 충실하게 누르지 못해 간혹 소리가 빠지기도 하고 전체적으로 음이 고르지 못했다. 레슨 선생님은 내 손등 위에 자신의 다섯 손가락을 얹고 '이런 느낌으로 건반을 눌러야 합니다'라고 시범을 보여 주었는데, 손끝으로 꾹 누르면서 끌어당기는 듯한, 제법 강한 압력이 느껴지는 것 아닌가. 피아노 혹은 피아니시모라고 해서 단순히 건반을 살살 누르는 게 아니라, 충실하게 누르면서도 섬세한 소리를 내야 했다.

엄지손가락 사용에도 문제가 있었다. 마치 배우가 무대 뒤편에서 대기하다가 뒤늦게 자신의 차례가 온 것을 깨닫고는 허겁지겁 등장하는 것처럼, '툭'하고 엄지손가락이 건반 위로 떨어지다 보니 엄지가 연주하는 음만 튄다. 그렇게 도입부부터 말아먹었는데, 다음 페이지의 악보에 표기된 부분이다.

빨간색으로 표시한 내성부(內聲部) 음을 보면, 라-솔#-파#-레-라-파#의 순서로 8분음표 멜로디가 하강한다. 물 흐르듯 자연스럽게 연주해야 하는데, 중간에 별 표시한

Johannes Brahms

Op. 118 No. 2
Intermezzo in A major

'레'를 엄지손가락이 도끼처럼 내려치면서 그 음만 튄 것이다.

> "엄지를 툭 던지지 말고, 직접 움직여서 건반을 눌러야 합니다."

내가 그동안 엄지손가락으로 투포환을 했구나. 느리고 섬세한 곡이라 투포환 공의 굉음이 더욱 확연히 드러났다. 문제는 혼자 연습할 땐 그런 사실을 제대로 인식하지도 못했다는 점이다. 소리에 제대로 신경 썼다면 알아챌 수도 있었을 텐데 말이다.

레슨을 받으며 새삼 깨닫게 된 것은, 내 연주가 상당히 밋밋하고 재미없다는 점이었다. 브람스가 환갑 넘어 작곡한 곡인지라 나름 힘 빼고 관조하듯이 담백하게 쳤는데, 레슨 선생님의 의견은 달랐다. 자신은 극적으로 연주하는 걸 선호하는 편이라며 셈여림의 차이를 극대화하고 곳곳에 극적인 효과를 넣도록 요구했다.

108쪽의 악보 1)에서 내가 따로 표기한 다섯 음을 살펴보자. 혼자 연습할 때는 이 다섯 음을 별생각 없이 눌렀다. 하지만 레슨 선생님은 이 짧은 구절에도 표시한 것처럼 크레센도와 데크레센도 효과를 넣으라고 요청했다. 이건 상관의 명령이라고 되뇌며 무조건 시키는 대로 연주하자

1)

표시한 시-레#-솔#-파#-시 다섯 음을 선생님의 가르침대로 셈여림 효과를 넣어 연주했더니 산송장처럼 누워 있던 음들이 생기를 되찾기 시작했다.

2)

화음을 누를 때는 모든 음에 균등한 힘을 싣는 것이 중요하다. 특히, 이 곡은 피아노시모(pp)를 유지하면서도 최상성부의 멜로디를 도드라지게 살리는 것이 관건!

놀라운 변화가 일어났다. 밋밋하고 차갑던 음들이 혈색을 되찾고 활기를 띠기 시작하는 것 아닌가. 이 다섯 음뿐만 아니라 곡 곳곳에서 비슷한 요구를 받았는데, 기계적으로 그 지시를 따르는 것만으로도 음악이 들을 만해져 과연 납득하지 않을 수 없었다.

왼쪽의 악보 2)를 보면, 연속해서 누르는 화음이 등장한다. 양손으로 많으면 여덟 개의 음을 동시에 짚는데, 이때도 세심한 주의가 요구된다. 알다시피 검은 건반은 흰 건반보다 솟아올라 있다. 화음을 누를 때 해당 높이의 차이를 고려해 손 모양을 조정하지 않으면 자칫 검은 건반을 먼저 누르게 되어 동시에 울려야 할 화음이 지저분하게 된다. 화음을 누르는 손가락들에 힘을 고르게 배분하는 것도 중요하다. 대체로 엄지나 검지가 약지나 새끼손가락보다 강하기 때문에 아무 생각 없이 누르다 보면 엄지와 검지가 담당한 음이 튀어 균형이 깨진다.

화음을 누를 때 최상성부 멜로디를 담당하는 오른손 새끼손가락 음이 도드라지도록 연주하는 것도 관건이다. 이렇게 약한 새끼손가락을 이용해 최상성부의 멜로디를 살리며, 각 손가락에 배분되는 힘의 균형도 유지하고, 화음이 동시에 울리도록 손 모양도 신경 써야 한다. 최적의 소리를 만들어 내는 손 모양과 힘 분배를 찾아내 그것을 언제 어디서나 재현할 수 있도록 반복 연습해 근육에 기억을 주입해야 한다.

모든 레슨 내용이 피가 되고 살이 되었지만, 그중에서도 기억에 남는 순간은 왼손 약지와 새끼손가락으로 연속 하행하는 베이스 음을 누르는 부분을 배울 때였다. 오른쪽 악보에 빨간 원으로 표기한 부분이다.

"자, 지금 파샵을 쳤어요. 소리 들리시죠? 아직 파샵이 주위 공기 안에 남아 있죠? 이 소리를 들으셔야 해요. 들으면서 다음 음인 미를 쳐야 합니다. 이렇게 순차적으로 레, 도샵까지 가는 거예요."

곡의 구조와 진행에서 중심축 역할을 하는 중요한 음들이지만, 힘이 약한 왼손 약지와 새끼손가락을 사용하기 때문에 무심코 연주하면 묵직하고 진지한 음을 생성하지 못하는데, 레슨 선생님은 이 베이스음의 울림과 여운까지 놓치지 말고 들으며 신경 써서 꾹꾹 눌러 연주하라고 지시한 것이다.

레슨을 받는 내내 깨달음의 순간이었다. 돌이켜 보면 레슨 받기 전의 연주는 곳곳이 누수투성이 부실 공사였다. 진지한 개인 레슨을 통해 그 하자가 백일하에 낱낱이 드러나니 오히려 후련한 마음이었다. 레슨 때마다 이 정도 보완했으면 충분하다 싶었지만, 그렇게 도달한 지점은

약지와 새끼손가락을 사용하기 때문에 약하게 치기 쉬운 네 개의 베이스 음 하나하나를 울림을 끝까지 들으면서 묵직하게 눌러 주니, 곡에 중심이 딱 잡히는 기분이다. 왜 진작 레슨을 받지 않았을까, 후회될 정도로 구구절절 피가 되고 살이 되는 내용이었다.

항상 새로운 배움의 출발점으로 전락할 뿐이었다.

그렇게 전공의 영역을 살짝 훔쳐보았는데, 마치 바늘 끝에 바늘을 세우는 작업과도 같은 디테일로 점철되어 있었다. 이렇게 음 하나하나에 신경을 쓰다가는 정신이 이상해질 것 같다는 기분이 들 정도였다. 하지만 공을 들인 만큼 연주가 확연히 달라지니, 최고의 수준을 추구하는 프로라면 이 광기 어린 작업을 끊임없이 수행할 수밖에 없겠다는 생각도 들었다. 역시 난 아마추어가 제격이다.

한 달 동안 레슨을 받고 지시 사항대로 꾸준히 연습하니, 나 자신도 놀랄 만큼 소리의 질이 달라졌다. 같은 피아노로 연주하는데도 훨씬 깊이 있는 소리가 울려 나오고, 음표 하나하나에 더 많은 감정과 이야기를 담을 수 있게 되었다. 혼자서만 연습했다면 1년, 2년, 3년이 지나도 이만큼 성장하지 못했을 것이다. 이래서 개인 레슨을 받는구나. 그럼에도 학원을 추가로 등록하지는 못했다. 작가로서 수입이 대폭 줄어드는 동궁기(冬窮期)에 접어들었기 때문이다. 일단 집에서 열심히 연습한 후 실탄(학원비)을 마련해 날씨가 따뜻해지면 다시 새로운 출발점에 서 보려 한다.

집에서 레슨 선생님의 지시 사항대로 연습했더니, 두 딸이 연주가 너무 느끼하단다. 확연히 달라진 연주 스타일이 아이들에게 제대로 포착된 것이다. 이것이야말로 실력이 늘고 있다는 청신호 아닌가! 얘들아, 아빠는 한동안 느끼함이 무엇인지조차 모르면서 초로의 대가처럼 담백하게 연주하겠다고 깝죽거렸단다. 이제야 비로소 느끼함이 무엇인지 알게 됐으니, 그나마 다행이구나. 치기 어린 젊음을 경험한 사람만이 현명한 노인이 될 수 있는 것처럼, 언젠가는 진정 담백한 연주를 할 수 있는 날이 올 것이라 믿을 뿐이다. 당분간 더 느끼해질 테니 견뎌 주길 바란다.

아낌없이 주는 곡

슈만의 어린이를 위한 앨범 Op.68 No.13

꽤 오래전 셸 실버스타인의 《아낌없이 주는 나무》를 읽었다. 소년과 나무가 관계 맺는 방식이 터무니없이 일방적이라는 생각도 들었지만, 그럼에도 소년을 향한 나무의 헌신적 태도에 숭고함과 경건함마저 느꼈다. 사람들은 이 동화에서 자식에 대한 부모의 사랑을 읽어 내기도 하고, 아가페적 사랑으로 해석하며 종교적 의미를 부여하기도 한다. 비주류 해석이기는 하지만 아이에게 가스라이팅 당한 나무의 어리석음을 개탄하는 의견도 있다.

이렇듯 작가의 손끝에서 탄생한 작품은 시공간을 초월해 다양한 독자를 만나 갖가지 방식으로 읽히고 해석되며 그 과정에서 번데기가 허물을 벗고 나비가 되듯 제각각의 빛깔로 독자의 뇌리에 둥지를 튼다. 이 나비를 만나지 않았더라면 몰랐을 설렘과 감격으로 인해, 책을 읽은 당사자는 세상을 보는 시선과 태도에 일정 부분 변화를 겪는다.

나에게도 동화 속 나무처럼 삶의 순간순간 홀연히 등장해 '아낌없이 주는' 곡이 있다. 바로 로베르트 슈만의 〈어린이를 위한 앨범(Album fur die Jugend, Op. 68)〉 중 13번이다. 〈어린이를 위한 앨범〉은 전체 43곡으로 구성되어 있는데, 그중 No.13의 원제목은 'Mai, lieber Mai, Bald bist du wieder da!'. 번역하자면 '5월이여, 이제 곧 오는구나!'쯤 되는 것 같다.

내가 이 곡을 처음 접한 것은 중학교 때였다. 당시 사춘기의 열정과 치기에 사로잡혀 예술고등학교 진학(작곡 전공)을 목표로 작곡을 배웠는데, 그때 나를 가르쳐 주시던 선생님이 작품 분석 용도로 슈만의 〈어린이를 위한 앨범〉을 추천했다. 거기 나오는 43곡 중에서도 유독 귀에 꽂힌 곡이 바로 이 곡이었다.

연주 시간 2분 남짓 되는 소품이지만 슈만이라는 걸출한 작곡가의 재기 넘치는 아이디어와 기획이 곳곳에서 보석처럼 빛난다. 곡을 분석하다 보면 시공을 초월해 작곡가와 대화하는 듯한 기분이 들기도 하는데, 작곡이라는 행위는 다루는 재료만 다를 뿐 본질에 있어서 글쓰기와 제법 공통점이 많다고 느낀다. 정해진 재료(음/언어)를 활용하는데도 창작자(작곡가/작가)의 감각과 개성에 따라 무한대의 결과물이 나올 수 있다니! 매력적이지 않은가. 다음 페이지에 나오는 악보가 곡의 도입부인데, 주제 선율에서 빨갛게 표기한 네 음을 일단 기억해 두자.

그런 뒤 119쪽 악보를 보면, 그 네 음만 떼어 내서 세 차
례 반복하며 3도 하행하는 부분을 확인할 수 있다. 아래에
는 화성 분석을 적어 놨는데 큰 줄기로 보면 I→vi→IV→
ii의 순서로 3도 하행하면서도, ○ 안에 표기된 대로 사이
사이에 부속화음이 등장해 화성적 긴장감을 고조시킨다.
화성법 지식이 있다면 두 번째 및 세 번째 동그라미 안의
부속화음이 위종지(僞終止) 방식으로 모호하게 해결됨을
인지했을 것이다. 이게 참으로 절묘한데, 해당 부분을 실
제로 들어 보면 짝사랑하는 이에게 마음을 전하려다가 망
설이기를 반복하는 풋풋한 청년의 모습을 떠오르게 만드
는 묘한 매력이 있다.

물론 이러한 해석은 나만의 그럴듯한 헛소리일지도 모
른다. 게다가 이런 접근은 대개 사후적 분석의 성격이 강
하다. 아무리 이론적·형식적으로 탄탄한 곡이라 하더라
도, 그 곡으로 인해 생성되는 공기의 울림이 청자의 감정
선을 건드리지 못한다면 존재의 의미를 상실하기 때문이
다. 그런 의미에서 이 곡은 사춘기 중학생이었던 나의 취
향을 제대로 저격했다.

하지만 5월도, 사춘기 철부지의 열정도 그리 오래가지
않기 마련이다. 여드름 만발한 중학생 주제에 직업적 음
악가로 산다는 현실의 무게감을 지레 고민하다가 결국 인

Robert Schumann

Album fur die Jugend, Op. 68 No.13
Mai, lieber Mai, Bald bist du wieder da!

문계 고등학교 진학으로 방향을 틀었다. 자연스럽게 음악과 멀어져 피아노를 치는 일도 줄어들었고, 슈만의 곡을 연주할 일도 없었다.

그렇게 잊히는가 싶었던 이 곡이 다시 등장한 순간은 2009년 5월 아내와의 결혼식이었다. 이벤트 좋아하는 아내가 결혼식에서 자신은 노래를 부를 테니 나에게는 피아노를 연주하라는 지침을 하달했다. 마침 제목에 5월이 들어가는 이 곡이 떠올랐다. 수줍으면서도 정겨운 선율이 결혼식과 잘 어울리기도 하고, 이미 손에 익은 곡이라 연습에 많은 시간을 할애할 필요도 없었다. 판에 박힌 곡도 아니라서, 하객들에게 신선한 느낌도 줄 수 있고 말이다. 삶의 중요한 순간에 등장한 슈만의 소품은 마치 이날을 기다렸다는 듯 알맞은 존재감으로 결혼식을 빛내 주었다.

그러고 보니 정작 이 곡의 작곡가인 슈만은 무척 힘겨운 과정 끝에 결혼했다. 피아노 스승의 딸인 클라라 비크와 결혼하는 과정에서 야반도주에 법정 다툼까지 벌이는 우여곡절을 겪었으니 말이다. 당시 클라라 비크는 신동 피아니스트로 이름을 날리고 있었지만, 로베르트 슈만은 백수건달이나 다름없는 가난뱅이 무명 음악가였다. 눈에 넣어도 아프지 않을 딸이 미래가 불투명한 제자와 결혼한다는 게 너무나 못마땅했던 프리드리히 비크는 온갖 방법을 동원해 둘 사이를 갈라놓으려 했으나, 뜨거운 사랑을

도입부의 주제 선율 네 음이 하행하며 반복되는데, 그 화성 진행이 절묘하다.

막기에는 역부족이었다.

결혼 당시 미래가 불투명하기로는 슈만보다 내가 더했지 싶다. 아내는 사회과학 책 쓰는 작가인 나와 결혼하면서 단칸방 생활도 각오한다고 했다. 그 한마디가 고마워서 여유가 되면 호강시켜 주겠다는 생각을 십여 년째 하고 있는데, 아직 물질적 호강을 제공하기에는 애로 사항이 많아 일단 정신적 호강으로 버티고 있다.

결혼 이듬해인 2010년 7월 첫째 딸이 태어났다. 절반이 내 유전자로 구성된 존재에 대한 벅찬 감격에 젖어 들었지만 그것도 잠시. 갓난아이를 키우는 일은 갓 부모가 된 이들에게 여태껏 겪어 보지 못한 수준의 집중력과 체력을 요구했다. 특히 아내가 고생을 많이 했는데, 육아로 인한 피로를 풀고 기분전환도 할 겸 다음 해 5월에 경기도 포천의 한 호텔로 1박 2일 가족여행을 떠났다. 당시 전세로 살던 산꼭대기 빌라에는 욕조가 없었다. 반신욕을 좋아하는 아내에게 하루만이라도 안락함을 선사하고 싶어 욕조가 있는 호텔 객실을 예약했다.

비수기 평일 숙박이라 조식 포함 10만 원 살짝 넘는, 상당히 바람직한 가격이었다. 평일이 휴일 같고 휴일이 평일 같은 작가 부부만이 누릴 수 있는 작은 호사랄까. 무엇보다 호텔 전체를 통틀어 당일 투숙객은 우리밖에 없었다. 그야말로 호텔 전세 낸 셈이니, 운빨 하나는 역대급이다.

별장을 방문한 포브스 선정 세계 100대 부호처럼 가슴을 쫙 펴고 텅 빈 호텔 구석구석을 누비다가 마침 로비에 놓인 흰색 영창 그랜드 피아노를 발견했다. 그야말로 내 전용 피아노 아닌가! 직원들의 양해를 구하고 피아노 의자에 앉았다. 돌도 안 된 딸아이에게 아빠의 나이스함과 엘레강스함을 보여 주기 위해, 마침 5월이기도 해서 '아낌없이 주는' 그 곡을 연주했다. 아빠의 멋짐에 홀렸는지, 아이가 꺄르르 하며 네 발로 기어 피아노로 돌진했다. 마침 그 상황을 아내가 영상으로 남겨 놨는데, 얼마 전 컴퓨터로 작업을 하다가 해당 파일을 날려 먹어서 지금은 없다.

그로부터 시간이 흘러 어느덧 2022년이 되었다. 갈수록 말 안 듣는 아이 둘을 키우고 있으며, 욕조 있는 보금자리로 이사한 지도 꽤 되었다. 삶의 부스러기 한 조각마저도 글로 바꿔 먹고살아야 하는 서푼짜리 작가로서, 하다 하다 와인 취미로 가산 탕진한 얘기까지 책으로 출간하는 지경이 되었다. 소재 고갈에 몰려 '이젠 화장실에서 용변 보는 얘기를 써야 하나' 진지하게 고민하던 중이었다.

그때 구세주처럼 '아낌없이 주는' 곡이 떠올랐다. 찬찬히 관련 기억을 곱씹다 보니, 이 곡이 유독 삶의 인상적인 순간들과 함께한다는 사실을 깨달았다. 음악에 홀려 걷잡을 수 없었던 사춘기 시절의 열정, 아내와 행복한 가정을 꾸릴 것을 약속하는 순간, 호텔 로비에서 아빠에게 돌진

상성부에 등장한 선율이 내성부에서 다시 반복된다.
예전에는 미처 발견하지 못했던 작곡가의 의도를 찾아내는 일은
아마추어에게든 프로에게든 보물찾기만큼이나 흥미로운 일이다.

하던 첫째 딸의 사랑스러움 같은 것들 말이다.

흐뭇한 미소를 머금으며 글을 쓰다가 간만에 직접 연주해 보았다. 악보를 세심하게 들여다보며 한 음 한 음 정성 들여 살피다가 예전에 놓쳤던 부분을 발견했다. 왼쪽 악보에 표시했듯이 상성부에 등장한 선율 ①이 바로 다음에 내성부 ②에서 똑같이 반복된다. 이 중요한 걸 제대로 표현하지 못하고 그동안 얼렁뚱땅 건반만 누른 것이다. 악보를 참 대충대충 봤구나.

단어 선택 하나에도 머리를 쥐어뜯으며 글을 짓는 입장이 되다 보니, 음표를 재료로 곡을 만드는 작곡가의 심정이 조금은 이해가 된다고나 할까. 그래서인지 중학교 시절과는 음을 대하는 태도가 많이 달라졌다. 그나저나, 이 곡이 이런 느낌이었나? 예전에는 순수한 청년의 풋풋함만 느껴졌다면, 나이 오십이 다 된 지금에 와서는 어쩐지 비릿한 쓸쓸함도 스며 있네. 문득 지금 《아낌없이 주는 나무》를 다시 읽는다면 어떤 느낌일지 궁금해진다.

팔뚝으로 건반 내리찍기, 이건 못 참지

존 슈미트의 All of Me

한창 음악 감상에 빠져 살던 1980년대 중학생 시절의 일이다. 카세트테이프로 베를리오즈(Louis-Hector Berlioz, 1803~1869)의 〈환상교향곡(Symphonie Fantastique op.14)〉을 감상하다가 5악장에서 매우 신기한 음향을 들었다. 5악장은 '마녀의 밤축제 꿈(Songe d'une nuit de Sabbat)'이라는 부제답게 도입부부터 불안과 공포감을 조성하는 현악기의 트레몰로*로 시작해 연주 내내 갖가지 기괴한 음향이 난무한다. 그렇지만 대부분 다른 관현악곡 연주에서도 들을 수 있는 소리의 범주를 벗어나지는 않았다.

그런데 5악장 후반부에 처음 경험하는 신기한 음향이

---

* 트레몰로(tremolo): '떨리다'라는 뜻에서 나온 말로 '비브라토'와 비슷한 주법이다. 주로 현악기 연주에서 효과적으로 사용된다. 피아노에서는 특정 음이나 화음을 빠르게 반복해서 연주한다.

들리는 것 아닌가. 뭔가 현악기의 줄을 손가락으로 튕기는 피치카토와 살짝 비슷한 느낌인데, 음색은 그와는 전혀 다른 결을 지녔다. 오락실에서 갤러그나 인베이더를 하면서 들었던 효과음 같기도 하고, 도대체 이게 무슨 소리지? 무슨 악기로 연주하는 거지? 내가 모르는 악기를 사용했나?

곡을 듣고 나서도 내내 기억에 남아 베를리오즈 〈환상 교향곡〉에 관한 정보를 찾아보니 바이올린과 비올라의 현을 활대로 두드리는 소리였다. 일반적으로 현악기는 활털을 현에 마찰시켜 연주하는데, 여기서는 딱딱한 나무 활대로 현을 두드려 소리를 낸 것이다. 이 주법을 '콜 레뇨(col legno)'라고 한다. 마녀 모임의 기괴한 분위기를 소리로 표현하기 위해 베를리오즈가 현악기의 특수 주법을 채용한 것이다.

일반적인 악기 연주법과는 다른 방식으로 연주하는 '특수 주법'을 접한 것은, 중학생 시절 환상교향곡을 듣던 그때가 처음이었다. 이후 현대음악을 접하게 되면서 이 세상에는 참으로 기묘한 연주 주법이 많다는 사실을 깨닫게 되었다. 물론 피아노도 특수 주법에서 예외일 수 없다.

소싯적 피아노를 배운 사람이라면 한번쯤 그런 장난을 쳐 봤을 것이다. 손바닥이나 팔뚝을 이용해 인접해 있는 여러 건반을 한꺼번에 누르는 행위 말이다. 심지어 몸통이나 엉덩이를 이용해서 그러기도 했는데, 미국의 작곡가 헨리 카웰(Henry Cowell, 1897~1965)은 자신의 곡에서 우리가 장난스럽게 하던 그 행동을 진지한 연주 방법으로 채용했다.

그가 1912년에 작곡한 피아노 소품 〈마나우나운의 조수(The Tides of Manaunaun)〉 악보를 보면, 왼손이 연주하는 부분에 독특한 기호가 계속 나온다. 이게 바로 헨리 카웰이 고안한 클러스터(cluster) 기법이다. 악보에서 빨간색 동그라미로 표기한 부분을 예로 들어 설명하면, 보다시피 옥타브 간격의 '라' 음 두 개가 표기되어 있는데, 두 음을 포함해 그 사이에 있는 모든 음 그러니까 흰 건반과 검은 건반 전부를 한꺼번에 누르라는 지시다.

작곡가 헨리 카웰은 아일랜드 전설의 신 마나우나운(Manaunaun)의 기상을 표현하기 위해 고심하다가 이 클러스터 기법을 착안했다고 한다. 유튜브에서 이 곡의 연주를 찾아 들어 보면 피아니스트가 왼손을 활짝 펴서 건반을 한꺼번에 누르는데, 울려 나오는 음향이 뭔가 신비로운 느낌을 자아내어 독특한 분위기를 형성한다.

헨리 카웰은 음향에 대한 실험 정신이 남달랐던 모양이다. 인접한 건반을 한꺼번에 누르는 클러스터 기법만으로는 성에 안 찼는지, 피아노 내부의 현을 직접 손으로 연주하는 주법을 도입하기에 이른다. 마치 바이올린이나 첼로의 현을 다루듯 피치카토, 글리산도* 주법을 자신의

Henry Cowell

No. 1 of three Irish Legends
The Tides of Manaunaun

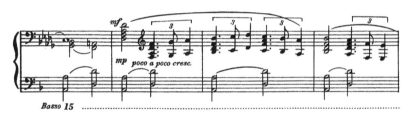

피아노 곡에 적용한 것이다. 1925년에 작곡한 〈밴시(The Banshee)〉에서 이러한 현악기적 주법을 적극적으로 활용해 새로운 음향을 실험하는 모습을 보여 주었다.

기행을 일삼았던 것으로 유명한 미국의 작곡가 존 케이지(John Cage, 1912~1992)는 그랜드 피아노의 현과 현 사이에 너트, 볼트, 스크루, 나무, 컵, 플라스틱 등의 이물질을 끼워 넣어 피아노의 음색에 변화를 주는 시도를 하기도 했다. 이러한 기법을 '프리페어드 피아노(Prepared piano)'라고 하는데 유튜브에서 이 기법을 이용한 곡을 들어 보니 타악기 같은 묘한 음색이 인상적이었다. 재밌는 것은 이 프리페어드 피아노 기법 역시 헨리 카웰이 존 케이지보다 먼저 시도했다는 점이다. 헨리 카웰의 실험 정신 하나는 진정 역대급이라 하지 않을 수 없다.

사실 현대음악에 별의별 희한하고 기상천외한 시도들이 많다는 것은 대략 알고 있었다. 하지만 그런 음악들은 으레 인기도 없고 잘 연주되지도 않다 보니, 딱히 특수 주법에 진지한 관심을 둔 적은 없었다. 그 영상을 보기 전까지는 말이다.

＊ 글리산도(glissando): 높이가 다른 두 음 사이를 미끄러지듯 빠르게 올리거나 내려서 연주하는 주법.

때는 2013년 3월 30일이었다. 아내가 트위터에서 재미있는 걸 봤다며 유튜브 영상 하나를 보내 줬다. 한때 방탄소년단 수준의 인기를 누렸던 원 디렉션의 〈What Makes You Beautiful〉을 피아노로 연주한 영상이었다. 그런데 여기서 헨리 카웰이나 존 케이지가 시도했을 법한 갖가지 특수 주법들이 등장하는 것 아닌가.

피아노 현을 손가락으로 퉁기고, 피아노 몸체를 타악기처럼 두들기고, 건반 뚜껑을 쿵쿵 여닫으며 박자를 넣고, 첼로의 활털을 분리해 피아노 현에 비벼 대는 등, 다섯 명의 남성이 피아노를 대상으로 합을 맞춰 일사불란하게 역할을 수행하고 있었다. 이들이 만들어 내는 소리가 (물론 편집 과정에서 상당한 조정이 이뤄졌겠지만) 오케스트라처럼 다채로운 데다가 편곡도 워낙 잘 되어 있어서, 집에서 혼자 영상을 보다가 손뼉을 치고 환호성을 지를 정도였다.

©The Piano Guys

대중성이 완벽하게 결여된 실험적 현대음악에서나 등장하던 특수 주법을 인기 유행가의 피아노 편곡 연주에서 만나다니. 연인 몰래 나간 소개팅에서 파트너로 연인이 등장하는 것 같은, 그런 정도로 예상치 못한 그림이었다. 네가 여기서 왜 나와?

영상에 등장하는 연주자들은 '피아노가이즈(The Piano Guys)'라는 음악 그룹을 결성해 활동하고 있었다. 급 관심이 생겨서 피아노가이즈의 유튜브 채널을 촘촘하게 살펴보다가 조회 수가 높은 피아노 독주곡을 발견했는데, 존 슈미트(피아노가이즈 멤버)가 작곡한 〈All of Me〉였다. 요즘엔 피아노 애호가들이 워낙에 즐겨 치는 곡이지만, 2013년에는 지금만큼 알려지지 않았었다. 플레이 버튼을 누르고 선율과 리듬이 제법 맘에 들어 곡에 맞춰 고개를 흔들고 있는데, 후반부에서 놀라운 장면이 펼쳐졌다. 특수 주법인 클러스터 기법이 등장하는 것 아닌가!

곡이 클라이맥스에 다다른 순간 존 슈미트가 우람한 팔뚝을 검은 건반에 수직으로 내리꽂는데, 동계올림픽 피겨스케이팅에서 대한민국 선수가 고난도의 점프를 돌고 한 치의 흐트러짐 없이 착지하는 것 같은 짜릿함이 느껴졌다. 이건 못 참지! 바로 인터넷을 뒤져 악보를 내려 받아 인쇄했다.

리듬도 복잡하고 템포도 빠른 데다가 검은 건반도 많이 눌러야 해 제법 까다로웠지만, 꾸준히 연습하면 극복

©The Piano Guys

피아노가이즈의 멤버 존 슈미트가 자신이 작곡한 곡 〈All of Me〉를 연주하며 팔뚝을 내리찍는 클러스터 기법을 선보이고 있다.

할 수 있겠다 싶어 과감히 도전했다. 클러스터 기법이 등장하는 부분을 연습하는데, 팔뚝으로 검은 건반을 한꺼번에 눌러도 소리가 지저분하지 않고 곡의 흐름과 잘 어울리는 것이 무척 신기했다. 과도한(?) 연습만큼 정직한 것은 없다고, 시나브로 실력이 향상되어 어느덧 처음부터 끝까지 칠 수 있게 되었다. 2013년 11월에 아내가 촬영해 준 연주 영상이 있는데, 글을 쓰며 오랜만에 다시 보았다.

영상 속 공간은 당시 살던 산꼭대기 빌라. 극기 훈련장도 아닌데 여름에는 덥고 겨울에는 엄청 추웠다. 그때 거실에 놓고 사용하던 피아노가 영창 업라이트였다. 지금은 어디로 팔려 나가 어느 집 거실을 차지하고 있을지. 그때

입고 있던 후드티는 구멍이 송송 나서 진작 버렸고, 연주도 지금의 내가 보기에는 거칠고 다듬을 곳투성이다.

하지만 이 영상이 진정 가치를 발휘하는 구간은 11~13초다. 나는 이 영상을 볼 때마다 그 구간을 꼭 여러 번 듣는다. 거기에는 채 돌이 안 된 둘째 딸이 아빠가 너무 멋있다며 옹알이하는 소리가 담겨 있다. 사랑하는 아내가 정성 들여 촬영해 주고 눈에 넣어도 아프지 않을 딸이 응원하는데, 연주에 한껏 기합이 들어가는 건 당연지사! 이얍! 영상 속에서 클러스터를 선보이는 팔뚝에 한껏 핏줄이 서고 근육이 잡힌 이유다.(근사한 팔뚝 구경하고 싶어서 못 참겠다면, 유튜브에서 '임승수 all of me'로 검색하시라.)

유튜브에서 'All of Me'로 검색하면 국적과 성별을 초월해 수많은 방구석 피아니스트들이 팔뚝으로 건반을 찍어 대고 있다. 존 슈미트가 이 곡을 처음 유튜브에 올릴 때, 이렇게 많은 사람이 자신을 따라 '팔뚝샷'을 시도하리라 예상했을까? 예술이 걸어온 발자취를 돌이켜보면, 당대에 파격적이고 급진적이라고 여겨졌던 시도들이 차츰 대중의 지지를 얻으며 보편화되는 과정이라는 생각이 든다. 헨리 카웰이 1912년에 실험적으로 도입한 클러스터 기법은 백여 년 만에 존 슈미트의 〈All of Me〉를 통해 드디어 영주권을 획득했다. 클러스터 기법이 넉살 좋게 피아노 기초 교본에 들어갈 날도 멀지 않았구나.

첫째도 둘째도 셋째도 릴랙스
슈베르트의 즉흥곡 3번 Op.90

피아니스트는 스포츠 선수와 비슷한 측면이 있다. 몸의 특정 부위를 끊임없이 사용하기 때문에 건초염, 손목터널증후군, 테니스엘보 등 다양한 형태의 근골격계 질환에 시달리는 경우가 많기 때문이다. 어디선가 보았는데 전문 연주자들이 부상으로 연주를 그만두게 되는 비율이 미식축구 선수가 부상으로 그만두는 비율과 비슷할 정도라고 하니, 몸을 얼마나 혹사하는 분야인지 알 수 있다.

이와 관련해 역사적으로 가장 잘 알려진 사례는 아마도 작곡가 로베르트 슈만이지 않을까 싶다. 피아니스트를 꿈꾸며 연습에 매진하던 슈만은 요상한 기계장치까지 사용하며 손가락 단련에 힘을 쏟았다는데, 그런 무리한 시도로 인해 오른손 손가락에 치명적 손상을 입고 피아니스트의 꿈을 접었다고 한다. 이 사연은 슈만의 피아노 스승인 프리드리히 비크를 통해 알려졌다. 하지만 프리드리히

Franz Peter Schubert

In G Flat Major Op.90
Impromptu No.3

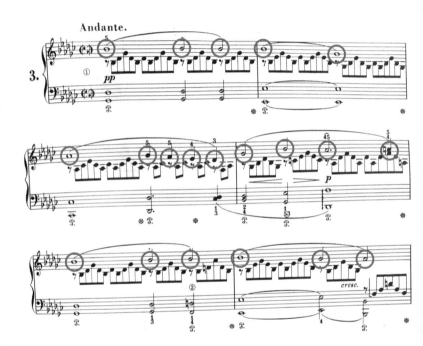

비크의 딸이자 로베르트 슈만의 아내였던 피아니스트 클라라 슈만은 로베르트가 기계장치로 오른손 손가락을 다친 게 아니며, "오른손 전체 통증"을 호소했다고 말했으니 잘못된 얘기일 가능성도 있다.

어쨌거나 피아노 치다가 몸에 무리가 오는 일은 방구석 취미생인 나와는 무관하다고 생각했다. 기껏해야 하루에 한 시간 남짓 얼렁뚱땅 연주하는데 팔 아플 일이 뭐가 있겠나. 꽤 오랜 세월 피아노를 쳐 왔지만 신경 쓰일 정도의 통증을 느껴 본 기억은 없기도 하고 말이다. 그런데 얼마 전 팔을 추어올리는 동작, 그러니까 만세 동작을 취하다가 오른쪽 팔에서 제법 아프다고 할 만한 통증이 느껴졌다. 팔뚝과 이두박근을 지나 겨드랑이 부위까지 직선으로 쭈욱 이어지는 경로 곳곳에서 예리한 통증이 느껴지는데, 팔을 위로 쫙 펴기가 어려울 정도였다.

이 통증의 원인으로 짐작되는 곡이 반사적으로 떠올랐다. 바로 한창 연습하던 슈베르트(Franz Peter Schubert, 1797~1828) 〈즉흥곡 3번(Impromptu No.3)〉인데, 왼쪽 악보다.

따뜻하고 담백하면서도 아련한 우수가 느껴지는 선율이 인상적이어서 피아노 애호가들이 즐겨 연주하는 곡이다. 빨간색 동그라미로 표시한 음들이 주선율인데 대체로 오른손 새끼손가락(5번)이 담당한다. 그렇다고 해서 오른손의 나머지 손가락들은 노느냐? 아니다. 악보를 보면 8분음표로 끝없이 펼쳐지는 분산화음을 담당한다. 다시 말해 새끼손가락으로 주선율 음을 누른 상태에서 나머지 손가락이 분주하게 움직인다. 반면 왼손은 고즈넉하게 화음이나 짚어 주며 한가롭다. 곡의 처음부터 끝까지 이런 스타일로 일관한다.

기술적 난도가 높지는 않은 곡이라 금세 악보에 익숙해졌지만 다른 문제가 있었다. 내 손이 작은 편이다 보니, 새끼손가락으로 주선율을 짚은 상태에서 나머지 손가락으로 분산화음을 연주하는 게 다소 버거웠다. 물론 마음먹고 한껏 벌리면 옥타브 이상도 어떻게든 짚을 수는 있지만, 이 곡은 내내 새끼손가락을 쭉 뻗은 상태를 유지해야 했다. 더군다나 새끼손가락이 연주하는 주선율은 도드라지고 명료하게 들려야 하니, 가뜩이나 약한 새끼손가락에 힘이 많이 들어가 관련 근육이 계속 긴장 상태였다.

이렇게 매일 1시간가량을 꾸준히 연습하니 평소에 잘 사용하지 않던 근육 쪽에 무리가 온 것이다. 연주 자세를 취하며 왼손으로 오른팔의 아픈 부위들을 만져 보니, 역시나 새끼손가락 쭉 뻗어 고정하는 자세를 취했을 때 딱딱하게 수축되는 근육에서 통증이 발생한다는 걸 확인할 수 있었다. 하루 1시간 정도의 연습이더라도 자세가 올바르지 않으면 몸에 무리가 올 수도 있음을 깨닫게 되었다.

통증 없이 연주하기 위해서는 해당 근육이 긴장하지

않도록 연주 방식에 변화를 줄 필요가 있었다. 그래서 근육을 만지며 이런저런 동작을 취하다 보니 문제점과 해법을 알아낼 수 있었다. 일단 내 연주 동작의 가장 큰 문제는 새끼손가락으로 건반을 누른 후에도 계속 강하게 압력을 유지하고 있다는 점이었다. 사실 한번 건반을 누른 후에는 그렇게 세게 누르고 있을 필요는 없다. 그저 건반만 눌러 있으면 댐퍼가 올라가 피아노 현의 울림이 지속되기 때문이다. 그런데 나는 주선율을 도드라지게 쳐야 한다는 부담감으로 인해 부지불식간에 건반을 새끼손가락으로 강하게 누르고 있었고, 그로 인한 근육의 수축 상태가 연습 시간 내내 지속돼 근육에 무리가 온 것이다.

해법은 단순하다. 손가락에서 불필요한 힘을 빼는 것이다. 이 세상의 모든 피아노 선생님이 강조하는 그 '릴랙스(탈력)' 말이다. 프로 연주자의 손을 보면 (특히 느린 곡을 연주할 때) 마치 발레를 하는 연체동물인 마냥 나풀나풀 흐물흐물 건반 위를 노니는데, 폼 잡으려고 그렇게 하는 게 아니다. 매 순간 타건에 필요한 근육을 제외한 나머지 부분에서 힘을 빼기 때문에 야기되는 움직임이다.

통증을 피하려고 손가락, 손목, 팔뚝, 이두, 삼두, 어깨에서 의식적으로 힘을 빼니 흥미롭게도 내 손이 제법 연체동물처럼 나풀나풀 움직인다. 빠른 패시지를 연주할 때도 손가락이 부드럽고 경쾌하게 움직이며 소리도 고르다. 전에는 빠른 패시지를 연주할 때면 틀리지 않겠다는 부담감으로 다섯 손가락의 근육에 일제히 힘이 들어갔는데, 그것이 오히려 연주에 지장을 준 것이다.

릴랙스를 할 때도, 지금 연주하는 손가락에만 '힘을 줘야지'라고 접근하면 생각만큼 잘되지 않았다. 손가락과 팔 이곳저곳을 만져 보니 어딘가에는 꼭 근육 긴장이 일어나고 있었다. 반면 연주하는 손가락을 제외한 나머지 부분에서는 '힘을 빼야지'라고 마음을 먹으니 제법 성공적인 릴랙스가 가능했다.

팔에 통증이 느껴지는 것 자체는 바람직하지 않은 일이지만, 아프지 않았다면 근육을 만져 보면서 연주 자세를 요모조모 살펴볼 일도 없었을 테고, 릴랙스에 대한 깨달음을 얻지도 못했을 것이다. 물론 실마리를 얻은 정도이지 전문 피아니스트처럼 완성도 높게 구현할 수 있는 건 아니다. 하지만 나아갈 방향을 파악했다는 점에서 큰 소득이라 하겠다.

아직은 팔이 아파 슈베르트 〈즉흥곡 3번〉 연습을 봉인하고 있다. 다행스럽게도 꾸준히 스트레칭을 하니 날이 갈수록 통증이 완화됨을 느낀다. 조만간 팔이 정상으로 돌아오면 이번에 터득한 릴랙스를 적극적으로 시도해 다시 도전해 보련다. 작은 손이 불편하긴 하지만 서스테인 페달*로 새끼손가락이 연주하는 멜로디를 지속하면서 근육에 무리가 가지 않는 연주 자세를 찾아낸다면 통증 없이 완곡할 수 있으리라 기대한다.

그나저나 고작 슈베르트 즉흥곡 하나 어설프게 연주해 보겠다고 팔까지 아파 가면서 안간힘 쓰는 게 누군가에게 는 어리석은 행동으로 느껴질지도 모르겠다. 하루 1시간 씩 백날 연습해 봐야 예술고등학교 피아노과 학생 실력에 도 훨씬 못 미칠 텐데. 그런데 말이다. 사회인 야구단에서 아무리 애써 봐야 고교 야구선수 실력에도 못 미칠 텐데, 왜 그 사람들은 부상의 위험을 무릅쓰면서 그렇게 열심히 치고 달릴까? 아무리 '뇌즙'을 짜내어 블로그에 글을 써도 조회 수는 민망한 수준인데, 왜 그들은 지금도 글을 쓸까?

자신의 행위가 타인의 그것과 비교해 우위를 점할 때만 존재 의미를 갖는다고 생각하는 사람만큼 불행한 이는 없 다. 경제적으로 넉넉해져도 자신보다 돈이 더 많은 이가 눈에 밟히고, 아이가 반에서 1등을 해도 전교 1등 하는 애 가 신경 쓰이고, 오랜 연습 끝에 쇼팽의 녹턴을 연주할 수 있게 되었어도 연습실 옆방의 쇼팽 에튀드 연주 소리를 듣고서 제풀에 주눅 드는 식으로 말이다. 우리가 타인보다 우위에 서기 위해 이 땅에 태어난 것은 아니지 않은가. 남

---

* 서스테인 페달(sustain pedal): 피아노 아래쪽에 달린 세 개의 페달 중 오른쪽 페달로, 음을 지속시켜 주는 역할을 한다. '댐퍼 페달'이라고 도 한다.

보다 숨을 더 잘 쉬어야만 더 잘 사는 것도 아닌데 말이다. 도대체 언제쯤 자신에게 만족감을 느낄 수 있을까?

피아노로 먹고살 것도 아닌데 전공생이나 화려한 테크닉을 뽐내는 수준급 아마추어와 비교하며 자기 비하에 빠질 필요가 있겠는가. 굳이 비교할 대상을 찾자면 과거의 내가 적절하지 싶다. 본업으로 바쁜 와중에도 틈틈이 시간을 내 연습한 덕분에 전에는 엄두도 못 내던 곡을 시도하고 있으니, 알게 모르게 성장한 스스로가 얼마나 기특한가. 좋아하는 곡을 자신의 손으로 연주할 수 있게 될 때만이 만끽할 수 있는 성취감과 고양감, 어느덧 그것을 아는 몸이 되어 버렸다. 오늘도 아픈 팔 달래고 주물러 가며 건반 앞에 앉는 이유다.

레슨 일기 2

"유레카!"의 순간들

독일 막스플랑크연구소 연구팀이 사람들을 사막에 떨어뜨려 놓고 길을 찾아보라고 시켰다. 실험 참가자들은 해나 달이 보일 때는 똑바로 걸었지만 해나 달이 구름 뒤로 숨으면 방향감각을 잃었다. 참가자들 스스로는 똑바로 걷고 있다고 생각했지만 실제로는 동일 지역을 맴돌고 있었다. 생각해 보라. 걸음 각도가 한쪽으로 1도씩만 어긋나도 그것이 누적되면 원을 그리며 같은 곳만 뱅글뱅글 돌지 않겠나.

피아노 연습 또한 마찬가지다. 매일 한 시간씩 꾸준히 연습해도 음색은 개선의 기미가 없고 손가락, 손목, 팔뚝은 일회용 나무젓가락처럼 뻣뻣해서 생각대로 움직여 주지 않는다. 종종 허리, 손목, 어깨, 손마디가 쑤시기도 한다. 사막 한가운데에서 목적지를 떠올리며 열심히 걷지만 실상 동일 지역을 맴돌고 있는 피험자. 혼자 집에서 피아노를 연습하는 내 모습이다. 이럴 때 시의적절한 개인 레슨은 어두운 동굴에서 출구의 방향을 알려 주는 구원의 빛줄기다.

작가로서 글도 쓰고 남편이자 아빠로서 집안일도 하는 데다가 경제적으로도 넉넉한 편은 아니다 보니 개인 레슨을 자주 경험하지는 못했지만, 큰맘 먹고 레슨비 질러서 가르침을 받으면 그때마다 예상을 훌쩍 뛰어넘을 정도로 실력이 향상됐다. 특히 2022년 6월 말부터 7월 말까지 4회에 걸쳐 받았던 개인 레슨은 나의 연주에 근본적인 변화를 가져온 중요한 계기였다.

레슨 곡은 '이별의 왈츠'라는 멜랑콜리한 부제가 붙은 쇼팽(Fryderyk Chopin, 1810~1849)의 〈왈츠 Op.69 No.1〉이었다. 이미 어느 정도 연습을 한 상태라 완성도를 끌어올리는 게 목적이었다. 가까운 성인 피아노 학원을 찾아가 클래식 곡을 잘 가르치는 분께 배우고 싶다고 했더니 독일 유학을 다녀온 선생님을 추천받았다. 우와! 나 같은 한낱 취미생이 독일에서 유학한 분께 배울 수 있다니! 엄청난 기대감을 품고 레슨에 임했고, 내 피아노 연주 역사가 이 레슨 이전과 이후로 나누어질 정도로 깨달음을 얻었다. 그 '썰'을 일지 형식으로 풀어 보겠다.

본격적인 레슨에 들어가기에 앞서 레슨 선생님 앞에서 〈이별의 왈츠〉를 연주했다. 처음부터 끝까지 듣더니 이렇게 표현이 좋은 취미생은 오랜만이라며 칭찬이다. 하지만 이후 벌어질 충격을 완화하기 위한 멘트일 가능성이 농후하다. 방심은 금물. 곧 수많은 지적이 쏟아지겠지.

삼십 대 중반의 독일 유학파 선생님은 여느 전공생들보다 다소 늦은 중학교 때에 피아노 전공을 결심했다고 한다. 열심히 준비해서 예고에 합격했지만, 어릴 때부터 전공을 목적으로 피아노에 매진한 동료들에 비해 기본기가 부족하다 보니 고생이 많았다고. 음악대학을 졸업하고 잠시 피아노와 무관한 직장생활을 했는데, 그때 자신이 음악을 진정으로 사랑한다는 사실을 깨닫고는 모아 둔 돈을 털어 무작정 독일 유학을 시도했는데 다행히 합격했다. 독일 음대 교수가 한동안 템포가 느린 곡만 가르쳤는데, 울림이 좋고 깊이 있는 음색을 구현할 수 있는 타건 방법을 전수하기 위해서였다고 한다. 그때 음색과 관련해 큰 통찰을 얻을 수 있었다고 한다.

혹시 손가락 모양에 대한 의견 차이로 피아노 학원을 옮긴 둘째 딸 얘기가 기억나는가? 맞다. 바로 그 독일 유학

선생님이다. 내가 이 선생님과 만나지 않았다면 둘째는 예전 학원을 계속 다니고 있겠지. 참고로 둘째는 새로 옮긴 피아노 학원에서 궁합이 잘 맞는 선생님을 만나 손 모양에 대한 세심한 지도를 받으며 상당히 만족하고 있다.

"쿵짝짝 하는 왼손 반주가 은근 어렵네요. 집에서 나름 연습했는데 잘 안 돼요. 악보에 있는 대로 건반을 누르는 것 자체는 쉬운데, 일관적이고 고른 소리를 내는 게 어렵습니다."

"반주에서 왼손 새끼손가락과 약지가 베이스를 담당하는데, 누를 때 손가락을 펴서 살 있는 부분으로 건반을 끝까지 충실하게 눌러 연주해 보세요."

"이렇게요?"

"네. 맞아요. 왼손 쿵짝짝 리듬을 연주할 때 페달 사용은 자제하고 음을 끊어서 누르는 게 좋아요. 페달을 과하게 사용하면 왈츠가 아니라 녹턴처럼 들리거든요."

앞서 언급한 대로 건반 누르는 방식에 변화를 주니 왼손 쿵짝짝 소리가 고르고 안정적이다. 집에서는 그렇게 안간힘을 써도 안 되던 것이, 레슨 한 번에 해결책을 찾는다.

본격적으로 레슨이 시작되어 쇼팽 특유의 잔망스러우면서도 우아한 반음계 장식음을 연주할 때였다. 집에서 여러 번 반복 연습한 부분이지만 깔끔하게 연주하기 어려워 항상 아쉬움이 남고 자신이 없었다.

"장식음을 연주할 때 너무 급합니다. 빨리 연주해야 한다
는 생각에 건반을 끝까지 충실하게 누르지 못하고 음을
날리고 있고요. 여유를 가지고 천천히 충실하게 건반을
끝까지 눌러 연주해 보세요. 쇼팽은 이런 스타일의 장식
음을 즐겨 사용했는데, 제자들에게 너무 빠르게 치지 말
라고 당부했다고 하더군요."

지시대로 반복 연습했더니 어느덧 여유를 가지고 고른 소
리로 장식음을 연주하게 되었다. 개인 레슨 없이 여전히
혼자 연습했다면, 같은 오류를 반복하며 애꿎은 재능 없
음만 탓하고 있었겠지. 이제 봤더니 레슨 없음이 더 큰 문
제였구나.

음표가 한 마디에 우르르 들어가 있다 보니 장식음만 마주치면 마음이
급해지곤 했다. 레슨받은 대로 충분한 여유를 갖고 쳤더니 확실히 나아지는
것을 체감할 수 있었다.

집에서 혼자 〈이별의 왈츠〉를 연습하던 도중에 이전에는 간과한 이음줄이 눈에 들어왔다. 아래 악보에 빨간 원으로 표기한 부분인데 도입부의 두 음을 연결하고 있다. 주제 선율을 구성하는 부분이라 곡에서 여러 번 등장한다. 두 음만 따로 이음줄로 연결했다는 것은, 다음에 나오는 선율과는 독립적인 성격을 띠고 있다는 의미인데. 그래! 이 곡은 쇼팽이 연인과 헤어지며 자신의 마음을 담아 선물한 곡이잖아. 이별을 고하기 전 여러 번 망설이다가 입술을 질끈 깨물고 "저기…" 하며 조심스럽게 말을 꺼내는 모습이, 이 두 음에서 떠오르는구나.

글을 쓸 때도 조사 하나, 문장부호 하나에 따라 문장의 분위기가 달라지듯, 작곡가의 의도를 파악하려면 이음줄 하나도 허투루 볼 수 없다.

지난 레슨 때의 기억을 떠올리며 손가락 끝의 살이 많은 부분으로 건반을 누르는 연습을 하다가 엄지손가락 타건 방식에 의문점이 생겼다. 다른 손가락들과는 달리 피아노를 연주할 때 살짝 옆으로 틀어져 있다 보니 부드러운 살 부분으로 건반을 누르려면 손목을 살짝 틀어 줘야 했다. 이렇게 연주하는 게 맞는 건지 궁금해서 레슨 때 물어보았다.

"템포가 느린 곡이라면 엄지손가락을 살짝 틀어서 부드러운 살 부분으로 연주하는 게 가능하지만, 속주에서는 사실상 불가능합니다. 그래서 엄지는 세심하게 신경 써서 연주해야 고른 소리가 나는데요. 엄지를 도끼처럼 내려찍지 말고 건반 가까이에서 미는 느낌으로 연주하면 좋은 소리가 납니다."

예전에 슈베르트의 〈즉흥곡 Op.90 No.3〉를 연습하다가 오른팔에 심한 통증을 겪은 적이 있는데, 그때 팔에 힘을 빼고 연주해야 한다는 사실을 깨달았다. 그 후로 연습할 때마다 팔 여기저기를 만져 가며 근육이 딱딱하게 긴장된 부분이 있으면 의식적으로 힘을 빼려고 노력했다. 그러한 노력이 어느 정도 성과가 있는지 궁금해서 의견을 구했다.

"지금 보면 손가락이나 손목은 릴랙스가 잘 되고 있는데요. 어깨에는 여전히 힘이 좀 들어가 있어요. 그래서 소리가 다소 먹히는 느낌이 있어요."

"아! 그렇군요."

"손가락을 움직여 피아노를 연주하려면 몸의 어디에선 가 그 움직임을 지탱해야 하는데요. 어설픈 연주자일수 록 지탱하는 부위가 손가락 가까이에 위치합니다. 초보 자의 경우는 다섯 손가락과 손목에 힘이 많이 들어가지 요. 님의 경우는 팔의 움직임을 어깨로 지탱하다 보니 그곳에 힘이 들어가 있습니다."

"어깨 힘을 빼는 방법이 있을까요?"

"등 근육으로 어깨를 포함한 팔 전체를 지탱해 줘야 어깨 에 힘을 뺄 수 있어요. 피아노 의자에 똑바로 앉아서 꼬 리뼈 부분과 등 근육으로 바른 자세를 잡고 어깨부터 시 작해 팔 전체에 힘을 뺍니다. 그러면 팔 전체의 무게가 손가락 끝에 실려서 소리가 먹히지 않고 깊이 있게 나옵 니다."

연습하면서 등을 펴서 지지대로 삼고 어깨부터 손까지 일 체의 힘을 빼기 위해 의식적으로 노력했다. 지하철이나 버스 좌석에 앉아 있을 때는 허벅지를 건반 삼아 연습했 고, 컴퓨터 작업을 하며 자판을 두들길 때도 피아노를 치 고 있다고 생각하며 자세를 잡았다. 릴랙스를 위해 내 몸 을 세심하게 관찰하는 과정에서, 유독 왼쪽 어깨에 힘이 들어간다는 사실을 깨달았다. 문제 되는 부위를 인지했으 니 이제 해결할 일만 남았구나.

　우산이 무용지물일 정도로 비가 역대급으로 퍼부었다. 오전에 이발하러 다녀오는 도중에 운동화가 다 젖었다. 마침 오후에 레슨이 있는 날이라 흠뻑 젖으며 학원에 가는데, 운동화 대신 꺼내 신은 구두가 낡아 밑창이 닳아서 빗길에 여러 번 넘어질 뻔했다. 하지만 마음만은 내내 콧노래를 부르고 있었다. 당일 낮에 집에서 연습하다가 어깨에 힘 빼는 방법을 극적으로 터득했기 때문이다.

　그 순간은 아이가 두발자전거를 쓰러지지 않고 타게 되는 것과도 같은 찰나적 도약의 순간이었다. 소리의 질이 극적으로 개선되며 왼손 쿵짝짝 왈츠 리듬의 격이 달라졌다. 어깨를 포함한 왼손 전체의 무게가 손가락 끝에 실리자 깊고 묵직하면서도 부드러운 소리가 울려 나온다. 해결의 실마리는 오른손에서 찾았다. 상대적으로 릴랙스가 잘 되는 오른손의 연주 방식과 근육 상태를 면밀하게 관찰하면서 왼손으로 그 움직임을 모사하려고 노력한 게 주효했다. 지금까지 피아노를 연습하면서 가장 기쁜 순간이었던 것 같다.

　레슨 시간이 되어 선생님과 만났다. 수강생들이 폭우 때문에 레슨을 취소할 것으로 예상했는데 한 사람도 빠짐없이 다 오고 있어서 놀랐단다. 역시 음악을 사랑하는 군

건한 마음은 이 정도의 '물水'량공세로는 꿈쩍하지 않는
구나. 피아노 의자에 앉아서 호흡을 가다듬은 후, 쓰러지
지 않는 두발자전거 같은 연주를 들려주었다.

"정말 많이 좋아지셨네요! 지금 페달을 거의 안 밟고 깔
끔하게 연주하게 됐죠? 어깨에 힘이 빠지니 왼손 반주
의 울림이 좋아져서 굳이 페달을 이용할 필요가 없어진
거예요."

칭찬은 고래도 춤추게 한다고 했던가. 구구단을 다 외운
초등학생이 선생님에게 자랑하듯이, 환한 얼굴로 손뼉을
쳐 대며 젊은 선생님에게 어깨 힘 빼기 무용담을 풀어놓
는 내 모습이 그렇게 민망하지는 않았다.

"이별의 왈츠에서 익힐 수 있는 기술적인 부분은 다 익힌
것 같아요. 만약 이 곡으로 더 나간다면 곡의 해석에 대
한 영역이 될 거예요."

내가 피아니스트만큼 멋들어지게 쳤다는 얘기는 아닐 것
이다. 취미생 수준에서 〈이별의 왈츠〉를 통해 배울 수 있
는 사항은 대체로 마무리했다는 의미겠지. 그럼에도 제법
성취감과 만족감을 느낀 것은 부인할 수 없다.

다른 곡을 배워 보기로 하고는, 한때 내 오른팔을 아프게 했던 슈베르트 〈즉흥곡 Op.90 No.3〉를 즉석에서 연주했다. 이 곡은 대체로 악상기호가 피아노 혹은 피아니시모이다 보니 내 딴에는 여리게 연주하기 위해 건반을 조심스럽게 눌렀는데, 여기서 문제점이 발생했다. 날카로운 지적이 이어진다.

"여리게 연주하려는 생각에, 건반을 끝까지 누르지 않고 있습니다. 피아니시모로 연주하더라도 건반을 끝까지 눌러 주셔야 해요. 그래야 고르고 충실한 소리가 납니다. 내성부 아르페지오 연주할 때 끝까지 눌러 주세요."

기본기가 되어 있지 않다는 걸 새삼 느낀다. 역시 피아노는 독학만으로는 어렵다.

■ 2022년 7월 27일 (4회차)

슈베르트 즉흥곡의 내성부 아르페지오 연주가 꽤 향상되었다는 말을 들었다. 여리게 연주하는 부분에서도 건반을 충실하게 끝까지 누르는 게 얼마나 중요한지 깨달음을 얻었다. 4회에 해당하는 레슨비를 결제했으니 이번이 마지막 레슨이다. 최후의 1분까지 가르침을 얻기 위해 궁금한 사항이 떠오를 때마다 족족 물어보았다.

연습하는 과정에서 오른손 아르페지오의 엄지손가락 타건 방식에 대해 의문점이 생겼는데, 엄지손가락이 연결된 손목까지 사용한다는 느낌으로 손목과 손 전체를 유연하게 움직이는 게 올바른 방식이라는 답을 얻었다.

손가락 끝의 부드러운 살 부분으로 먼지를 닦듯이 안쪽으로 '끌어당기며' 타건하니 한층 깊고 탄탄하며 안정적인 음색이 생성됐는데, 이 타건 방식이 올바른 것인지 물어보니 처음 들어보는 독일어 전문 용어를 언급하며 맞는다고 확인해 주었다.

갑자기 마음이 내켜 연습하기 시작한 모차르트 a단조 소나타에 대해서도 조언을 구했다. 모차르트 곡은 악보대로 건반 누르는 일 자체는 어렵지 않지만 듣기 좋은 음색으로 깔끔하게 연주하기가 상당히 까다롭다. 오른손 코드 연주, 트릴, 왼손 스케일 연주에 대해서 속사포처럼 물어보았는데 하나하나 친절한 답을 들을 수 있었다.

뽕을 뽑겠다는 심산이 훤하게 들여다보일 정도로 격렬하게 질문하다가, 어느 순간 나 자신의 행태가 민망하다는 생각이 들었다.

"질문 많이 하시는 것, 저는 아주 좋습니다. 취미로 배우는 분들이 오히려 음색에 대한 호기심이나 탐구심이 전공생보다 더 높더라고요. 물론 전공생들이 실력은 더 뛰어나지만, 대체로 질문도 잘 안 하고 음색에 대한 탐구심이 낮아서 답답하고 아쉬울 때가 많아요. 참고로 독일 음대에서는 먼저 질문하는 학생을 선호하는 분위기입니다. 취미생을 가르치며 보람을 느낄 때가 많아요."

하지만 이런 말을 들었다고 해서 우쭐해지거나 고양감을 느끼기에는, 보고 들은 게 많은 나이가 되어 버렸다. 지난 2022년 6월에 반 클라이번 콩쿠르에서 역대 최연소로 우승한 임윤찬 피아니스트가 "산에 들어가 피아노만 치고 싶습니다. 야망은 0.1%도 없습니다"라고 했다는데, 취미생이 아무리 피아노에 진심이라 한들 그것에 인생을 건 전공생에게 비견할 수 있겠는가. 음악의 이데아를 추구하는 진짜배기들의 도움으로 가까스로 까치발을 해 담장 너머 광대한 세계를 어렴풋이 엿보는 주제에 말이다.

레슨을 받아 피아노 실력이 향상될수록, 내 연주의 (처참한) 수준을 한층 객관적으로 파악할 수 있게 된다. 누가 벼는 익을수록 고개를 숙인다고 그랬나? 여전히 설익은 자기 모습이 부끄러워서 숙이는 것이다.

페달을 귀로 밟는 경지에
다다를 수 있을까?

브람스의 인터메조 Op.119 No.1

요즘 연주 시간 3분 남짓 되는 피아노 소품 하나를 꾸준히 연습하고 있다. 브람스 〈인터메조 Op.119 No.1〉이다. 클라라 슈만이 유독 좋아한 곡이라는데, 음 하나하나가 써 놓고도 차마 보내지 못한 편지인 양 절절함이 가득하다. 워낙 매력 있고 귀에 착 감기는 곡이라 틈나는 대로 연습하다 보니 금세 손에 익었다. 완성도를 끌어올리기 위해 악보를 꼼꼼히 살펴보며 음 하나하나를 세심하게 듣다가 좀처럼 납득하기 어려운 페달 기호 하나를 발견했다. 오른쪽에 나오는 악보를 살펴보자. 곡 중간에 등장하는 부분이다.

①은 페달을 밟으라는 의미고, ②는 발을 떼라는 표시다. 피아노에 페달 여러 개 있던데 어느 거냐고? 맨 오른쪽에 있는 '서스테인 페달'이다. 이 페달을 밟은 상태로

Johannes Brahms

Op. 119 No. 1
Intermezzo in b Minor

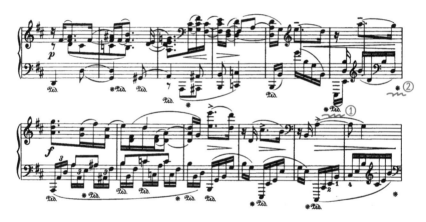

연주하면 앞선 음이 사라지지 않아 입체적인 음향을 만들어 낼 수 있다. 다만 계속 누르고 있으면 소리가 과도하게 겹쳐서 지저분해지니, 대체로 화음이 바뀔 때마다 눌렀던 발을 떼어 앞선 소리를 깔끔하게 소거한다.

나는 ②의 발을 떼라는 표시가 계속 눈에 걸렸다. 다음 마디에서 화음이 바뀌니 음 섞이지 않게 발 떼는 건데 자연스럽지 않느냐고? 그래. 예전의 나 같으면 별다른 고민 없이 페달에서 발을 뗐겠지. 하지만 몇 달 전 브람스 〈인터메조 Op.118 No.2〉로 개인 레슨을 받으면서 너무나 많은 것을 알아버렸다. 그 결과 방구석 피아니스트 주제에 고막이 제법 레벨 업 됐고, 이 곡을 악보대로 연습하다가 그냥 넘어갈 수 없는 위화감을 감지했다.

해당 발췌 악보는 전체 67마디의 곡에서 '클라이맥스'에 해당한다. 발췌 악보의 첫 마디를 보면 피아노(p)로 시작하는데 ①, ② 표시가 있는 부분에 오면서 점점 크게 연주하다가 다음 마디에서 포르테(f)가 나오고 왼손 반주는 셋잇단음표로 쪼개져 반음계적으로 상승한다. 슬픈 감정이 차곡차곡 쌓이다가 버티지 못하고 포르테(f)로 표시된 부분에서 눈물이 터져 나오는 느낌이다.

그런데 ②에서 표시된 대로 페달에서 발을 떼면? ①에서부터 서스테인 페달의 도움으로 저 밑에서 위까지 쌓아 올린 음 10개가 일거에 사라진다. 차오른 눈물이 넘쳐흐르는 광경을 연출해야 할 순간에, 갑자기 눈물이 없어져?

이 무슨 대참사인가. 곡의 흐름을 감안할 때 납득하기 어려운 페달 표기였다.

이게 과연 작곡가 브람스가 직접 남긴 표기인지 궁금해졌다. 당장 IMSLP 사이트에 접속해 1893년에 출판된 초판 악보를 내려받아 살펴보았다. 역시! 브람스는 곡에 아무런 페달 기호도 남기지 않았다. 연주자의 재량에 맡긴 것이다. 내가 연주에 참고한 악보는 브람스 사후인 1910년 출판 악보인데, 편집자가 페달 기호를 임의로 추가한 것이다. 또 다른 악보는 어떨지 궁금해서 1933년에 출간된 악보를 내려받아 살펴보았다. 다음 페이지의 악보다.

③을 보면 페달을 밟으라는 기호가 있다. 하지만 이전 악보와는 다르게 마디 끝나는 부분에 페달을 떼라는 기호는 없다. 서스테인 페달로 쌓아 올린 10개의 음을 다음 마디까지 가져가기 위해서다. 물론 다음 마디의 ④에서 페달을 다시 밟으라는 기호가 나온다. 하지만 이때는 앞마디에서 끌어온 음이 갑자기 사라지지 않도록 최대한 신속하게 페달을 새로 밟아 준다. 다른 방법도 있는데, 아예 첫음을 친 '후'에 신속하게 페달을 다시 밟아 주는 것이 오히려 음악적으로 자연스러울 수 있다.

이렇듯 같은 곡이더라도 연주자의 해석에 따라 페달링이 달라질 수 있다. 나는 1910년 악보보다 1933년 악보의 해석이 더 타당하다고 느꼈다. 과연 프로 연주자들은 이

앞의 1910년 출판 악보와는 달리, 1933년에 출판된 이 악보에서는
클라이맥스 부분에서 페달을 떼라는 기호가 없다.

부분을 어떻게 연주할지 궁금해서 유튜브에서 찾아 들었는데, 내가 확인한 모든 연주자가 페달을 떼지 않고 소리를 최대한 다음 마디까지 끌고 가서 폭발시켰다.

하지만 그렇다고 해서 내가 1933년 악보의 모든 페달링에 전적으로 동의하는 것은 아니다. 다른 부분에서는 오히려 1910년 악보의 페달링이 더 설득력 있었다. 다음 악보에 나오는 부분이 그러했다. 1910년 악보부터 보자.

보다시피 앞서 나왔던 포르테 부분이다. 여기에 동그라미로 표시한 페달 기호를 보면 왼손 8분음표 음이 반음씩 상승하는 것과 맞물려서 페달을 새로 밟는다. 화성적 변화 및 상승하는 반음 선율의 중요성을 고려한 페달링이다. 직접 연주해 보니 이 페달링이 매우 자연스러웠다.

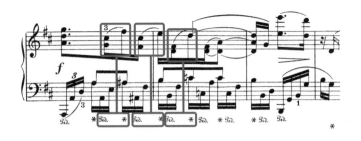

위는 1933년 악보인데, 1910년 악보와 페달링이 다르다. 이 악보의 경우는 이음줄로 연결된 오른손 선율에 맞춰서 페달을 밟는다. 게다가 발을 떼라는 표기도 매번 등장하는데, 반음씩 상승하는 왼손 8분음표와 화성적으로 충돌을 일으키지 않기 위해서다. 나로서는 이 페달링에 동의하기 어려웠다. 연주하기 복잡한 데다가 박자감도 미묘하게 어긋나 뭔가 삐걱대고 어색한 느낌이 들었기 때문이다. 그러니 다양한 해석을 참고하더라도, 결국 연주자는 자신만의 해석을 토대로 페달링을 결정해야 한다. 아무리 방구석 취미생이라 하더라도 더 높은 수준의 연주를 지향한다면 피할 수 없는 과제이다.

페달링을 통해 구현 가능한 또 하나의 중요한 요소는, 음색의 변화다. 똑같은 '도' 한 음만 누르더라도 그냥 치는 것과 페달 누르고 치는 것은 음색이 천양지차다. 업라이트 피아노보다 그랜드 피아노에서 더욱 확연하게 드러난다. 실제 그랜드 피아노에서 서스테인 페달을 밟고 '도'

한 음만 눌러 보면 마치 동굴 속에 있는 것처럼 입체감 있는 소리를 들을 수 있다. 왜 이런 변화가 일어날까? 공명 현상 때문이다.

페달을 밟고 있으면 현의 울림을 막는 모든 댐퍼가 위로 올라와 현과 떨어져 있다. 이 상태에서 건반을 눌러보자. 연결된 해머가 현을 때린다. 두들겨 맞은 현은 진동한다. 앞서 드뷔시 〈달빛〉에서 언급했듯이 현의 진동에는 기본음에다가 2배음, 3배음, 4배음, 5배음 등의 배음이 포함되어 있는데, 댐퍼가 올라가 있으니 이 배음과 음높이가 같은 현들이 공기의 울림에 영향을 받아서 함께 울린다. 요컨대 해머에 맞은 현만 떨리는 게 아니라, 그 현의 배음과 연관된 다른 현들이 공진하며 소리를 생성한다는 얘기다. 여러 현이 동시에 떨리니 더 깊고 웅장하며 입체적인 음향이 생성될 수밖에. 이런 식으로 음에 다채로운 색깔이 입혀진다.

이렇듯 서스테인 페달을 밟은 상태로 연주하면 배음 효과를 통해 훨씬 풍부하고 매력적인 음색을 만들 수 있다. 하지만 페달을 밟은 상태를 지속하면 연주한 음들이 뒤섞여 소리가 지저분해진다. 그런 이유로 피아노 연주자의 발은 '풍부한 음색'과 '깨끗한 소리'라는 두 마리 토끼를 잡기 위해 건반 위의 손 못지않게 분주하게 움직여야 한다.

사실 페달링의 세계도 전문적으로 들어가면 한이 없다. 일단 페달이 두 개나 더 있지 않은가. 우나 코르다 페달*과 소스테누토 페달**인데, 각각 기능과 용법이 다르다. 페달도 깊숙하게 밟느냐, 아니면 절반이나 4분의 1만 밟느냐에 따라 효과가 다르다. 빠른 패시지를 연주할 경우, 서스테인 페달을 얕게 밟은 상태에서 현악기에 비브라토를 넣듯 떨어 주면 풍부한 음색을 구현하면서도 소리가 지저분해지는 것을 막을 수 있단다. 참 별의별 방법이 다 있구나. 이러니 프로 연주자들은 양손뿐만 아니라 양발도 분주하다.

페달을 밟을 때 피아노의 특성이나 연주 공간의 상태도 고려해야 한다. 울림이 풍성한 피아노나 잔향이 많은 연주홀의 경우 평소보다 페달링을 자제해야 하지만, 반대의 경우는 적극적으로 페달을 활용할 필요가 있다. 그러

---

* 우나 코르다 페달(una corda Pedal): 피아노에서 왼쪽 페달. '소프트 페달'이라고도 한다. una는 하나, corda는 현이라는 뜻으로, 해머가 하나의 현만 치도록 하여 음량을 줄이고 음색을 부드럽게 만드는 효과를 얻는다.
** 소스테누토 페달(sostenuto pedal): 그랜드 피아노의 가운데 페달로, 업라이트 피아노의 가운데 페달인 '사일런트 페달'과는 기능이 다르다. 업라이트 피아노에서는 음량을 줄이는 기능이라면, 그랜드 피아노에서는 음을 지속시키는 기능을 한다. 원하는 음만 울림을 지속하고 싶을 때 사용한다.

니 페달링은 그때그때 다를 수밖에 없다. 귀를 쫑긋 세워 자신의 연주 소리를 예민하게 점검하며 상황에 맞춰 융통성 있게 밟아야 하니 말이다. '페달은 귀로 밟는다'고 하는 이유다.

글을 쓰다 보니 식도에 고구마가 걸린 듯 가슴이 답답해진다. 양발의 움직임까지 세심하게 고려하면서 피아노를 연습하는 상황이 머릿속에 그려졌기 때문이다. 내가 방구석 아마추어인 것이 너무나 다행스럽다는 생각이 든다. 더할 나위 없이 유려하고 아름답다고 감탄하게 되는 피아니스트의 소리는, 골방에 틀어박혀 양손과 양발의 움직임을 변태스러울 정도로 미세 조정하며 만들어 낸 결과물이다. 그리고 보면 인간이 의식적으로 만들어 낸 모든 형태의 아름다움에는 고통과 고뇌가 배어 있지 않은 것이 없다.

세상이 온통 피아노

소리에서 색을 보는 사람들

    내 기억이 맞는다면 1989년, 그러니까 한창 작곡가를 꿈꾸던 중학교 3학년 시절이다. 그날도 작곡을 배우러 선생님 댁을 방문했다. 프랑스에서 작곡을 공부한 분이었는데, 종종 프랑스의 작곡가 올리비에 메시앙(Olivier Messiaen, 1908~1992)에 대해 얘기해 주며 그에 대해 깊은 존경심을 표하곤 했다. 마침 뭔가 기분이 좋으셨는지 직접 피아노를 연주해 올리비에 메시앙의 곡을 들려주셨다.

    올리비에 메시앙은 20세기 인물이다. 이 시기 클래식 음악 작곡가의 곡이 대체로 그렇듯이 메시앙의 곡은 굉장히 복잡하고 난해해서, 종잡을 수 없는 리듬과 인내심을 시험하는 듯한 불협화음으로 점철되어 있다. 음악사에 한 획을 그은 세계적인 작곡가라는데 당시의 나(그리고, 지금의 나)는 이 소음을 듣고 어떤 감정을 느껴야 하는 건지 진심으로 난감했다(하다). 다만 제자를 위해 정성스럽게 연주하는 작곡가 선생님을 실망시키고 싶지 않아, 있는 힘껏 건반을 응시하며 공감하는 연기를 했다.

"승수야. 올리비에 메시앙의 곡은 어떠니?"

"뭔가 분위기가 독특한데, 제가 이해하기에는 좀 어려운 곡 같아요."

"그렇구나. 올리비에 메시앙은 매우 뛰어난 작곡가인데, 색청(色聽)이라는 능력이 있었단다."

"색청이요?"

"그래. 음악을 들으면 색깔이 보였다고 하더구나."

"정말요? 저는 그런 경험이 한번도 없는데요?"

"워낙 뛰어난 작곡가이니 우리가 이해하기 힘든 게 어쩌면 당연하겠지."

음악을 들으면 색깔이 보인다고? 작곡가의 꿈을 키워 나가던 사춘기의 중학생에게는 큰 충격이었다. 작곡 레슨을 마치고 집으로 가는 내내 '색청'이라는 단어가 머릿속을 맴돌았다. 음악을 들었을 때 색깔이 떠오르지 않는다면, 올리비에 메시앙 같은 세계적인 작곡가가 되기는 글러 먹은 것인가? 내가 음악을 너무 건성으로 들어서 색이 안 보였나? 전심전력으로 들어 볼까?

집에 도착하자마자 카세트테이프 하나를 꺼내 들었다. 카를 뵘이 지휘하고 빈 필하모닉 오케스트라가 연주하는 브람스 교향곡 3번. 카세트에 테이프를 넣고 1악장 시작 부분으로 되감은 후 플레이 버튼을 눌렀다. 이내 음악이 시작되었고, 눈꺼풀 근육을 최대한 긴장시켜 있는 힘껏 눈을 감았다. 안구로 유입되는 빛을 차단해야 순수하게 음악으로부터 야기되는 색깔을 포착할 수 있겠다 싶었기 때문이다. 흘러나오는 오케스트라 사운드를 놓치지 않고 음표로 옮겨 적겠다는 기세로 꾹꾹 눌러 들었지만, 꽉 감은 눈에는 그저 암흑만이 가득했다. 고막에 진정성이 부족한 것인가? 좀 더 집중해야겠구나. 40만 원짜리 VIP 좌석을 구매해 헤르베르트 폰 카라얀이 지휘하는 베를린 필하모닉 오케스트라 내한공연을 듣는 자세로 기어를 더욱 올렸다. 그리고, 이내 잠이 들었다.

깨어나니 3악장인가 4악장인가, 아무튼 한참 뒷부분이 흘러나오고 있었다. 아무리 집중해도 색깔 쪼가리조차 발견하지 못한 나는 적지 않게 실망했지만, 이내 스스로 위로했다. 음악을 듣고 색이 보이더라도 그 능력을 작곡에 활용하지 않았을 수도 있지 않나. 소리와 색은 별개의 감각인데 말이야. 그러면 딱히 부러워할 필요 없는 것 아닐까?

나의 그런 기대나 예상과 달리 메시앙은 색청을 작곡 과정에서 적극적으로 활용했다. 메시앙의 인터뷰를 통해 그러한 의도를 확인할 수 있다.

"아무도 내 얘기를 믿지 않아서 거의 말한 적이 없는데, 당신이 물어봐 주는군요. 저는 음악을 들으면 그에 상응하는 색이 보입니다. 모든 사람이 이 여섯 번째 감각을 갖고 있다고 생각해요. 하지만 소수만이 그걸 발견하죠. 저는 스무 살 때 화가 친구의 집에서 이 병을 발견했어요. 저는 제 곡에 이 색들을 넣으려고 노력합니다. 저에게 보이는 것과 동일한 색을 보라고 연주자에게 요구하는 건 아니에요. 어쨌든 그건 불가능하거든요. 단지 각자의 방식대로 색깔을 봤으면 하는 거죠."

오른쪽 메시앙의 곡 악보를 보면 violet, rouge, orange 등 특정 색을 지칭하는 단어를 발견할 수 있다. 메시앙은 이 곡을 통해 해당 색깔을 보았던 듯하다.

대체로 사춘기의 열정, 중학교 3학년의 서푼짜리 진정성은 그 유효기간이 짧다. 브람스 교향곡을 들으며 기어이 색깔을 보겠다고 개그콘서트에나 나올 짓을 하더니, 이내 작곡가가 되겠다는 꿈은 포기하고 인문계 고등학교로 진학했으니까. 그렇게 올리비에 메시앙이니 색청이니 하는 것들은 내 삶과 전혀 무관한가 싶었는데, 예상치 못한 방식으로 다시 조우하게 되었다. 약 20년 후 뇌과학 분야에 관심이 생겨 우연히 읽게 된 올리버 색스의 《뮤지코필리아》를 통해서다.

170

음이나 마디의 정서를 색으로 표기해 놓은 것이 보인다.
보라색 느낌으로 연주한다는 건 어떤 걸까. 빨간색이나 오렌지색은?

이 책에서 저자 올리버 색스는 다양한 임상 경험을 토대로 뇌와 음악의 상호작용을 탐구하는데, 제14장 '청명한 녹색을 띤 조성: 공감각과 음악'에 올리비에 메시앙처럼 음악을 듣고 색깔을 보는 사람들의 사례들이 나오는 것 아닌가!

현대음악 작곡가 마이클 토키는 어릴 때부터 조성에 따라 특정한 색이 보이는 조성 공감각을 경험했다. 그 색깔은 한결같았고 자발적이어서 억지로 다른 색을 떠올리려고 해도 바꿀 수 없었다. 게다가 매우 구체적이어서 가령 사단조는 그냥 '노란색'이 아니라 '등황색', 라단조는 '부싯돌 같은 흑연색', 바단조는 '흙이나 재 같은 색'이었다. 어린 시절 선생님에게 라장조는 파란색이라고 했다가 당황하는 선생님의 모습을 보고는 모든 사람이 자기처럼 공감각을 가진 게 아니라는 사실을 깨닫게 됐다고 한다.

과연 소리를 듣고 어떤 방식으로 색이 보인다는 것일까? 마이클 토키에게는 색깔이 자기 앞에서 '스크린처럼' 투명하고 밝게 빛나는데, 눈을 통해 보이는 색들과는 섞이지 않는다고 한다. 노란색 벽을 쳐다보면서 파란색을 연상시키는 곡을 듣더라도 두 색이 섞여 녹색이 되지 않는다. 그가 공감각을 통해 경험하는 색은 순전히 내적인 성격의 것이어서 외부의 색과 섞일 염려가 전혀 없지만, 주관적이긴 해도 너무 강렬해서 마치 실제로 존재하는 것처럼 느껴진다.

색청 증상이 있다고 해서 모두 동일한 색이 보이는 것도 아니다. 작곡가 데이비드 콜드웰도 색청이지만 같은 음악을 듣더라도 앞서 언급한 토키의 사례와는 다른 색깔이 보인다. 심지어 색깔만이 아닌 다른 형태의 감각을 동반하는 경우도 있다. 취리히 대학의 지안 벨리, 마히엘라 에슬렌, 루츠 얀케는 음악-색깔 공감각과 음악-맛 공감각을 모두 소유한 어떤 음악가의 사례를 연구했는데, 그 음악가는 특정한 음정을 들을 때마다 해당 음정과 연관된 맛을 혀로 느낀다. 소리를 듣고 맛이 느껴지다니, 잘만 활용하면 음식 섭취 없이 식도락을 즐길 수 있는 것 아닌가. 지금의 나에겐 색청보다 훨씬 탐나는 능력이다.

극히 소수이긴 하지만 이런 공감각자가 존재하는 이유는 무엇일까? 색청의 경우, 청각을 담당하는 대뇌피질과 시각을 담당하는 대뇌피질이 동시에 활성화되기 때문이다. 이게 무슨 얘기인지 차근차근 살펴보자. 우리가 소리를 듣는다는 행위의 본질은 무엇일까? 일단 나를 둘러싼 공기의 압력 변화가 존재하고 그로 인해 귓속 고막이 진동하면, 청각세포가 해당 진동을 포착해 전기신호로 변환한다. 변환된 전기신호는 신경계통을 통해 청각을 담당하는 대뇌피질(측두엽)로 전해지며, 측두엽 뇌세포들의 복잡한 상호작용으로 우리가 '소리'라고 느끼는 이미지로 재현된다.

이게 일반적인 경우인데, 색청 증상을 지닌 공감각자는 청각을 담당하는 대뇌피질(측두엽) 뇌세포와 시각을 담당하는 대뇌피질(후두엽) 뇌세포의 연결이 강해 측두엽으로 흘러온 전기신호가 후두엽까지 전해진다. 원래 후두엽은 안구에서 포착된 빛이 시각세포에 의해 전기신호로 변환되어 흘러들어 오는 곳이며, 후두엽 뇌세포들은 해당 전기신호를 '색깔' 이미지로 재현한다. 그런데 색청의 경우 고막 진동에 의해 생성된 전기신호가 청각을 담당하는 측두엽을 거쳐 후두엽까지 흘러가니, 후두엽에서는 마치 안구에 빛이 감지된 것처럼 해당 전기신호에 반응해 색깔을 생성하는 것이다. 그러면 소리를 듣고 맛이 느껴지는 공감각의 경우는 어떤 상황일까? 측두엽으로 전해진 전기신호가 맛을 담당하는 뇌의 영역으로까지 새어 나간 것이다.

《뮤지코필리아》를 통해 공감각 현상이 뇌 속 누전 현상 때문임을 깨닫자마자, 1989년의 그 개그콘서트 같았던 경험 및 올리비에 메시앙과 색청이 떠올랐다. 순식간에 뇌 속 전기가 해당 기억이 저장된 영역으로 흘러갔나 보다. 아니, 이렇게 허망한 이유였단 말인가. 뭔가 대단한 능력이라고 여겼던 색청이, 고작 옆통수(측두엽)에서 뒤통수(후두엽)로 전기가 새어 나가 발생하는 현상이라니. 똑같은 음악을 듣더라도 색청 증상을 가진 사람마다 보이는 색깔이 다른 것도 자연스럽다. 사람마다 뇌 속 누전 경로가 제각각이라 후두엽에서도 활성화되는 영역이 다르고, 그 결과 보이는 색깔도 다른 것 아니겠나.

자기공명영상(MRI) 장치를 통해 공감각자의 뇌를 관찰한 결과 그들이 말소리나 음악을 듣고 색깔이 떠오를 때 실제로 시각을 담당하는 대뇌피질(특히 색을 처리하는 부위)이 활성화된다는 사실을 확인할 수 있었다. 앞서 언급했듯이, 이런 현상이 일어나는 원인은 뇌의 서로 다른 기능을 담당하는 부위들 사이에 뇌세포의 연결이 과도한 것에서 찾아볼 수 있다. 그 연결 경로를 통해 전기신호가 새는 것이다. 원래 이런 '과도한 연결성'은 영장류와 몇몇 포유류에서 태아와 영아 때 나타나지만 생후 몇 주 혹은 몇 달이 지나면 대뇌피질이 성숙하면서 감각의 명확한 구별과 분화로 이어지는 게 일반적인 발달 과정이다. 하지만 일부는 타고난 유전적 특이성으로 인해 발달 초기의 이 과도한 연결성이 완전히 제거되지 않아 계속 공감각을 경험하게 되는 것이다.

이런 '과도한 연결성', 다시 말해 공감각 증상을 병이나 장애로 여길 필요는 없다. 일상생활에 불편을 느끼지 않으며 개체의 생존과 번식에도 별다른 부정적 영향을 끼치지 않으니 지금까지 해당 유전자가 멀쩡히 살아남은 것 아니겠는가. 키가 큰 사람이 있다면 작은 사람도 있듯이, 공기의 울림이라는 자연 현상을 포착했을 때 그게 청각뿐만 아니라 시각적 형태로도 번역되는 사람이 존재할 뿐이다.

다만 내가 색청의 이러한 뇌과학적 근원을 이해했다고 해서, 난해한 올리비에 메시앙의 음악이 새삼 좋아질 것 같지는 않다. 어쩌겠는가. 내 뇌 구조라는 것의 생김새가 중구난방 리듬과 불협화음을 감지했을 때 활성화되는 뇌 영역과 쾌감 및 감동을 불러일으키는 뇌 영역 사이의 연결이 너무나 취약한 것을.

아마추어도 스타인웨이로
연주하면 다를까

인간의 감각기관은 그 정체성이 끊임없는 갈증과 공복감에 있는 것 같다. 수백 병의 와인을 경험한 애주가는 자신의 미각을 더욱 만족시킬 와인을 찾아 동분서주하며, 수백 편의 영화를 섭렵한 애호가는 다가오는 주말에 감상할 영화 목록을 작성하느라 여념이 없다. 오디오에 진심인 자들은 이미 보유한 기기보다 한층 뛰어난 성능의 스피커, 앰프를 장만하기 위해 주택담보대출도 불사할 기세다.

피아노가 취미인 이들도 마찬가지다. 한낱 보잘것없는 방구석 아마추어인 나 역시 88개의 건반을 조직적이고 계획적으로 눌러 가능하면 더욱 아름답고 감동적인 소리를 만들려고 애쓴다. 이러건 저러건 음악의 본질은 소리 아니겠는가. 더 좋은 소리를 추구한다는 점에서 아마추어와 프로는 동일한 정서와 목표 의식을 공유한다.

지난 2021년 11월에 4회에 걸쳐 개인 레슨을 받으며 브람스 〈인터메조 Op.118 No.2〉의 완성도를 제법 끌어올리고 나니, '최상의 조건'에서 연주했을 때 지금의 내가 만들어 낼 수 있는 소리의 한계는 어느 수준인지를 확인하고 싶었다. 여기서 최상의 조건이란 음악 공연을 위해 설계된 전용 공간에서 프로 연주자가 사용하는 피아노로 연주했을 때를 의미한다.

일단 피아노는 스타인웨이 그랜드 피아노, 그것도 길이 274센티미터에 이르는 풀사이즈 D-274 모델로 해야겠지. 뉴욕 말고 독일 함부르크 스타인웨이에서 제작된 피아노가 더 좋다니 기왕이면 그놈으로 말이야. 그래야 랑랑, 김선욱, 조성진 등과 동등한 조건에서 견줄 수 있지 않겠는가! 방구석에서 비비는 주제에 오만하다고? 그게 아니다. 오히려 처참한 결과가 나와도 피아노 핑계를 댈 수 없는 냉혹하고 가혹한 조건이다. 가격이 거의 3억 원에 육박하니 집을 팔지 않는 이상 구입은 불가능하고, 결국 해당 피아노가 있는 공간을 빌려서 연주해야 한다는 결론에 이르렀다.

이래저래 관련 정보를 검색하니 서초동에 있는 모차르트홀이 독일 함부르크 스타인웨이 풀사이즈를 보유하고 있으며 독주회 및 실내악 공연에 최적화된 훌륭한 연주홀이었다. 공연을 목적으로 대관한다면 엄청난 비용이 소요

되겠지만, 마침 홈페이지에서 상대적으로 비용이 저렴한 연습 대관이라는 항목을 발견할 수 있었다. 전문 연주홀에서 스타인웨이 풀사이즈를 연주하는 체험 자체에 목적을 둔 사람에게 적합한 선택지였다. 일반적으로 전공생이나 입시생 혹은 프로 피아니스트들이 진지한 무대 체험을 목적으로 활용하는 것 같았다.

하지만 아무리 연습 대관이라 하더라도 순도 100% 아마추어가 대관하겠다고 연락하면 공연장 측에서도 미심쩍어 할 수도 있겠다 싶었다. 아마추어 취미생 개인이 스타인웨이 풀사이즈를 연주하겠다며 모차르트홀을 빌리는 경우는 흔치 않을 테니 말이다. 그리하여 공연장 측의 우려를 불식시키고 연습 대관이 성사될 수 있도록 진심과 정성을 담아 메일을 작성했다.

"음향이 좋은 홀에서 최고의 피아노로 연주했을 때 어떤 소리를 경험할 수 있는지 제 아이들에게 들려주고 싶습니다. 이러한 경험을 통해 아이들이 음악에 대해 더욱 깊이 이해할 수 있는 계기가 되기를 바라는 마음이고요. 피아노를 평생의 업으로 삼으신 분들이 이용하는 공간이라 저 같은 아마추어가 이런 문의를 드리는 것이 조심스럽습니다. 하지만 아이들이 아름다운 소리가 무엇인지 체험할 수 있기를 바라는 마음에 문의드립니다."

아이의 교육적 목적을 강조하면 좀 더 긍정적으로 검토하지 않을까 싶었다. 실제로 피아노 학원에 다니는 초등학생 두 딸을 데려갈 계획이기도 했고. 다행히 얼마 안 되어 대관이 가능하다는 메일이 왔다. 곧바로 날짜를 협의해 2021년 12월 21일 오후 1시 30분부터 3시 30분까지 2시간 동안 대관하기로 했다. 구체적인 일정이 잡힌 후 평소보다 좀 더 열심히 피아노 연습을 했다. 연습 대관이라고는 하더라도 글 팔아 먹고사는 작가에게는 꽤 부담되는 비용을 지불한 만큼 최고의 성과를 뽑아내야겠다는 의지의 발로였다.

드디어 12월 21일! 모차르트홀에 모인 사람은 나와 아내에 두 딸, 그리고 피아노에 몹시 진심인 지인 한 명 해서 총 다섯 명이었다. 코로나 확진자 급증으로 사회적 거리두기가 강화되어 공연장에 네 명 이상 입장할 수 없다 보니 아이 둘 중 한 명은 밖에서 기다려야 했다. 하지만 이 문제는 곧 자연스럽게 해결되었다. 아이 둘 다 스타인웨이보다 스마트폰 게임을 좋아해 기꺼이 공연장 밖으로 나갔기 때문이다.

고유번호 594147의 독일 함부르크 스타인웨이 D-274가 압도적 위용으로 나를 기다리고 있었다. 일단 크리스마스 분위기를 살려 〈저 들 밖에 한밤중에〉부터 연주했는데, 집에 있는 피아노와는 격이 다른 섬세하면서도 웅장한 음향이 뿜어져 나와 온몸을 휘감는 것 아닌가. 캐럴 연주를 마친 후 뭔가에 홀린 듯 "대박이다! 어떻게 이런 소리가 나지? 미쳤다 미쳤어"를 되뇌며, 아르키메데스가 벌거벗고 '유레카'를 외치듯 무대에서 정신없이 왔다갔다 했다. 아이들에게 좋은 체험을 하게 해 준다더니 애들은 스마트폰 삼매경이요, 되레 내가 천진난만한 어린이가 되었다.

피아노의 구체적인 인상을 얘기하자면, 일단 건반이 상당히 가벼웠다. 그랜드 피아노는 덩치도 그렇고 소리도 훨씬 크니 대부분 건반도 묵직하고 무거울 것으로 추측한다. 하지만 스타인웨이의 건반은 1밀리그램의 하중 변화에도 반응할 준비가 되었다는 듯 하늘하늘 가벼웠다. 그 가벼움을 통해 구현해 낸 예민함과 섬세함은 완성도 높은 피아니시모를 구현할 수 있게 만드는 핵심적 요소다.

성능이 떨어지는 피아노(우리 집 거실의 피아노)의 경우 건반을 약하게 누르면 그 미세한 힘에 제대로 반응하지 못해 아예 소리가 나지 않기도 한다. 하지만 스타인웨이는 극도로 여린 음에서부터 천둥이 치는 것과 같은 강력한 포르티시모까지, 표현할 수 있는 소리의 범위가 대단히 넓다. 따라서 차원이 다른 고해상도의 모니터로 고화질의 동영상을 보는 것과 같은 놀라운 해상도를 경험할 수 있다. 음색의 영롱함과 다채로움은 굳이 언급할 필요도 없을 것이고.

스타인웨이 풀사이즈로 인생 곡 브람스 〈인터메조 Op.118 No.2〉를 연주하며 가장 큰 차이를 느낀 부분은, 연속적으로 화음을 연주하는 부분이었다. 집에 있는 피아노나 개인 레슨을 받던 학원의 피아노로는 그 어떤 방식으로 연주해도 만들어 낼 수 없던 음향이 너무나 천연덕스럽게 흘러나오는 것 아닌가. 악상기호가 피아니시모(pp)인 데다가, 우나 코르다 표기가 되어 있어 왼쪽 페달을 밟고 연주했다. 저 멀리서 들려오는 교회 종소리 같은 아련하고 아득한 피아니시모. 듣고 있던 아내도 피아노 소리가 무슨 종소리 같다면서 결국 이 모든 게 장비빨이었던 거냐고 한숨을 내쉰다. 아마도 덕후 기질이 다분한 내가 스타인웨이 구입을 진지하게 고민할까 봐 내쉰 우려의 한숨인 듯싶다. 걱정 마! 나도 집 잡혀서 피아노 살 정도로 대책 없는 인간은 아니니까.

연주하는 내내 환상적인 음향이 저 하늘에서 신의 은총처럼 강림하는 듯한 느낌을 받았다. 예술의전당 연주회에 가면 어김없이 놓여 있는 피아노이고 대부분의 전문 연주자가 스타인웨이 D-274 모델로 연주하지만, 남의 연주를 수동적으로 듣는 것과 내 손가락을 능동적으로 움직여 소리를 만들어 내는 것은 먹방 시청과 직접 식음의 차이만큼이나 다른 차원의 경험이다.

일분일초가 죄다 돈이다 보니 노래방에 온 것처럼 계속 남은 시간을 체크했다. 아내가 자기도 연주해 보자며

조지 윈스턴의 〈캐논 변주곡〉을 뚱땅거리는데, 연주 소리는 귀에 안 들어오고 속절없이 흘러가는 초침만 신경 쓰인다.

어느덧 예약한 시간이 다 되었지만, 노래방에도 서비스 시간이 있는데 오후 3시 30분 됐다고 바로 쫓아내겠냐 싶어 멈추지 않았다. 공연장 관계자도 나의 절실한 마음을 감지했는지 일단 밖에서 대기만 하고 있었다. 이번이 생애 마지막 대관이라면 강제 퇴거 직전까지 안면몰수하고 연주했겠지만, 왠지 1~2년에 한 번씩은 연습 대관을 하게 될 것 같은 예감이 들어 적절한 타이밍에 연주를 멈추고 공연장 관계자에게 사전 포석의 의미가 깔린 공손한 인사를 전했다.

그렇게 스타인웨이 소리에 만취한 상태로 휘청휘청 모차르트홀을 나섰는데, 기념사진 촬영하는 걸 까맣게 잊어버렸음을 집에 도착하고서야 인지했다. 도대체 이 무슨 정신머리인지. 다행히 모차르트홀 측의 배려로 며칠 후인 12월 26일 오후 2시에 재방문해 스타인웨이를 배경으로 사진을 촬영할 수 있었다.

두 시간. 짧다면 짧은 시간이다. 하지만 여행의 본령이 감각기관을 통해 새로운 자극을 수용하고 경험하는 것이라면, 모차르트홀의 스타인웨이 체험은 명승지의 절경 정도는 훌쩍 뛰어넘는 감흥을 남긴 여행이라 하지 않을 수 없다. 뭐 그리 호들갑이냐고? 나 혼자만 이런 거라면 수긍

하겠다. 하지만 그 자리에 동석했던 지인은 집에서 피아노를 칠 때마다 스타인웨이 음향과 비교되어 의욕이 떨어지고 슬럼프가 왔다. 스마트폰의 조악한 녹음 기능 탓에 그 황홀한 음향의 1%조차 제대로 담아내지 못해 안타까울 따름이지만, 궁금한 분들을 위해 아내가 고생하며 촬영한 영상을 내 유튜브에 올려놓았으니 관심이 있다면 '임승수 인터메조'로 검색해서 들어 보시길.

프로 피아니스트와 비교하면 실수투성이에 보잘것없고 초라한 연주지만, 적지 않은 비용으로 최상의 조건을 준비해 열심히 연주했다. 결과물에 미련도 후회도 없다. 마냥 흐뭇한 마음으로 수십 번 반복 청취를 하다가 문득 그런 생각이 들었다. 지금 사는 아파트를 처분하고 인적이 드문 시골로 내려가면 '스타인웨이 D-274 + 땅값 + 건축비' 충당이 가능하지 않을까? 274센티미터에 달하는 스타인웨이를 놓아야 하니 거실은 크고 여타 생활공간은 미니멀하게 설계해 건축비를 아끼자. 아이들은 대자연을 벗 삼아 스타인웨이 소리를 들으며 크는 거지. 정서 함양에 그만이네. 아내에게 슬쩍 운을 떼 봤더니 이혼하고 혼자 가란다. 다른 방법을 모색해야겠다.

보자. 스타인웨이를 꼭 우리 집 거실에 둬야만 할까? 설사 로또에 당첨되어 구입하더라도 현재 거주하는 30평대 아파트에는 274센티미터짜리 대물을 들여놓을 공간이 없다. 그렇다면 내 소유의 스타인웨이가 있지만 공간 문제로 모차르트홀에 맡겨 놨다고 생각(착각)하면 어떨까? 연습 대관 때 치르는 비용을 창고 비용이라고 여기면 꽤 합리적이지 않은가. 아직도 12월 21일의 취기가 가시지 않은 것 같다고? 그냥 이러고 살렵니다. 그 누구도 내 상상력에 비용을 청구할 수는 없으니.

피아노의 진화가 이룬
'억' 소리 나는 기술

어떤 존재, 그러니까 사물이나 생명체가 지금의 형태를 띠게 되는 데에는 필연적으로 원인이 존재하기 마련이다. 나에게는 유전자를 각각 절반씩 물려준 부모님이 존재하며 두 분의 모습에서 나와 닮은 구석을 제법 발견할 수 있다. 나의 아버지와 어머니에게도 각각의 부모가 존재한다. 두 분 역시 자신의 부모와 닮은 구석이 있을 것이다.

재밌는 사실은 이런 식으로 수십만 년 혹은 수백만 년 이상을 거슬러 올라가다 보면, 나의 먼 조상이라고 할 수 있는 존재는 지금의 내 모습과는 사뭇 다른 형태를 띠고 있다는 점이다. 오스트랄로피테쿠스의 화석을 보면 확실히 그러하지 아니한가. 더 밀어붙여 수천만 년이나 수억 년 단위까지 거슬러 올라가게 되면, 멀고 먼 조상이라는 원시 물고기는 눈이 두 개 달렸다는 정도를 제외하고는 외견상 공통점을 찾기 어려운 지경이 된다.

피아노 역시 마찬가지여서 그 기원을 거슬러 올라가다 보면 지금의 모습과는 제법 다른 외형의 원시 물고기 같은 조상을 만나게 되는데, 메소포타미아 지역에서 유래한 '산투르(santur)'라는 악기가 바로 그것이다. 이 악기에 대한 가장 오래된 기록은 기원전 669년 아시리아와 바빌로니아의 석조 조각에서 발견되었다. 단단한 틀에 고정된 줄을 채로 두들겨 연주하는 타현(打絃)악기인데, 연주자가 목에 걸고 연주했다고 한다. 이 악기가 문명의 교류를 타고 각지로 전파되어 다양한 후손을 남겼는데, 동유럽의 침발롬(cimbalom), 영미권의 덜시머(dulcimer), 동아시아의 양금(洋琴) 등이 대표적이라 하겠다.

피아노의 시조인 산투르. 현재의 피아노 모습에서는
도무지 상상이 안 되는 형태의 악기다.

이렇게 고대 동방에서 전해진 타현악기가 중세 서방의 파이프오르간에서 사용되던 건반이라는 기계장치와 만나 탄생한 것이 바로 14세기 초에 발명된 클라비코드(clavichord)다. 인류에 비유하자면 오스트랄로피테쿠스쯤 될 것 같다. 건반을 누르면 작은 쇳조각이 현을 때려 소리가 생성되는데, 건반을 누르는 힘에 변화를 주면 소리의 강약을 표현할 수 있었다. 하지만 대체로 음량이 작아 연습용 혹은 교육 목적으로만 활용되었다고 한다. 당대에 연주용으로 선호되던 건반악기는 작은 돌기로 현을 뜯는 구조의 하프시코드, 그리고 교회의 파이프오르간이었다.

피아노의 호모 사피엔스쯤 되는 직계 조상은 이탈리아의 악기공 바르톨로메오 크리스토포리(Bartolomeo Cristofori, 1655~1731)가 처음으로 만들었다. 그는 건반에 연결된 해머가 현을 때려 소리를 생성하는 방식의 건반악기를 발명했는데 이것이 현대 피아노의 원형으로 일컬어진다. 해머가 현을 때린 후 계속 현에 닿아 있으면 현의 진동을 방해하게 되는데, 크리스토포리는 해머가 현을 때린 후 빠르게 원위치로 돌아오도록 악기를 제작했다. 이 피아노가 수많은 악기 장인들에 의해서 개량되고 발전되어 악기의 제왕이라 불리는 현대의 피아노가 된 것이다.

고대 동방의 타현악기와 중세 서방의 건반 기술이 이종교배 되어 현대의 피아노라는 자식을 낳은 이후, 기술의 발전에 힘입어 피아노는 갈수록 성능이 향상되고 저변

이 확대되었다. 건반의 개수가 늘어 표현할 수 있는 음의 영역이 넓어졌고, 거의 3미터에 달하는 대형 콘서트 피아노는 오케스트라의 음량을 뚫고 자신의 소리를 청중들에게 전달할 수 있을 정도다. 제작비가 적고 크기도 아담한 업라이트 피아노도 등장해 서민과 중산층이 큰 부담 없이 구입해서 직접 연주하며 음악을 즐길 수 있게 되었다.

하지만 피아노의 발전은 여기서 그치지 않고, 이제 최첨단 반도체 및 인터넷 기술과의 이종교배를 통해 새로운 진화 단계에 접어들고 있다. 혹시 그 흔해 빠진 전자 피아노 얘기 아니냐고? 전자 피아노는 정확히 분류하자면 전자 '건반악기'이지 해머가 현을 때려서 소리를 생성하는 '타현악기'는 아니다. 피아노가 아닌 것을 피아노 얘기로 끌어올 수는 없는 법. 어쨌든 지금부터 내가 직접 목격한 피아노 진화의 현장으로 여러분을 안내하겠다.

첫 장소는 스타인웨이 갤러리 서울이다. 서울 서초동 예술의전당 인근에 위치한 곳인데, 세계 최고의 피아노인 스타인웨이를 무료로 체험할 수 있는 곳이다. 적당한 날을 잡아 나와 아내, 그리고 피아노에 몹시 진심인 지인, 이렇게 셋이 찾아갔다. 목적지에 다다르자 내부가 훤히 보이는 유리 너머로 그야말로 '억' 소리 나는 몸값들이 즐비하게 놓여 있었다. 마침 방문자가 없는 시간대라 쾌적한

환경에서 스타인웨이의 다양한 피아노를 조금씩 연주해 볼 수 있었다. 역시 명불허전이라고 스타인웨이 음향의 황홀함이야 두말하면 잔소리겠지만, 그날 예상 밖으로 우리의 눈길을 강렬하게 사로잡은 것은 '스피리오 r'이라는 자동 연주 피아노였다.

연주자 없이 혼자 연주하는 피아노가 뭐 그리 새로운 게 있느냐 싶겠지만, 이전의 자동 연주 피아노와 질적으로 다른 부분이 있었다. 바로 녹음, 재생, 편집 기능이었다. 피아노가 무엇을 녹음하냐고? 바로 나의 연주 행위 그 자체다.

피아노와 무선으로 연결된 아이패드 앱으로 녹음 기능을 활성화하면, 피아노는 내가 건반을 누르는 과정과 페달 밟는 방식 일체를 디지털 데이터로 촘촘하게 기록한다. 단순히 어떤 건반을 눌렀고 언제 페달을 밟았다는 수준이 아니다. 타건 시 해머가 움직이는 속도를 초당 800회 빈도로 측정하면서 그 속도를 1,020개의 레벨로 세분화해 기록한다. 페달의 경우 초당 100회 빈도로 측정하며 페달 위치를 256개의 높이로 나눠 저장한다. 그야말로 연주자의 미묘한 건반 터치와 페달링이 고스란히 디지털 정보화되는 것이다.

이 놀라운 피아노의 활용도는 무궁무진하다. 이미 랑랑이나 유자 왕 같은 세계적인 피아니스트들이 스타인웨이와의 협력 하에 스피리오 r 피아노를 이용해 자신의 연주를 녹음하고 있다. 스피리오 r 피아노 구매자는 해당 녹음 파일에 접속해 세계적인 음악가의 연주를 집에서 라이브로 들을 수 있다. 우리 일행도 쇼룸에서 랑랑이 연주하는 바흐의 〈골드베르크 변주곡〉과 김선욱의 브람스 〈인터메조 Op.118 No.2〉를 자동 연주로 감상했다. 대규모 콘서트홀에서 멀찌감치 듣는 것과 바로 앞에서 생생하게 듣는 것은, 이루 형언할 수 없는 정도의 차이가 있다. 그야말로 랑랑이나 유자 왕이 우리 집 피아노로 쳐 주는 셈 아닌가!

스피리오 r 기능을 탑재한 길이 274cm의 D-274 모델은 5억 원대, 211cm의 B-211 모델은 3억 원대다. 아무리 진열품이지만 감히 내 지문 따위가 묻어도 되는 걸까 싶은, 살 떨리는 가격이다. 동반 지인이 갑자기 폐부 깊숙한 한숨을 내쉰다. 강남 8학군, 전문직 종사자, 멋진 집과 근사한 자동차 따위 부러워해 본 적 없던 나도 처음으로 부자가 부러워져 버렸다.

상대적 빈곤감을 달래며 가까운 뱅뱅사거리의 야마하 뮤직 커뮤니케이션 센터로 이동했다. 애초에 야마하 쇼룸에서 만남을 기대했던 피아노는 길이 275cm에 달하는 야마하 CFX 피아노, 그리고 19세기에 오스트리아 황실에 납품되던 뵈젠도르퍼 피아노였다. 황송스럽게도 두 피아노에 비천한 지문을 남기며 공짜로 그 황홀한 귀족 음향을 체험할 수 있었지만, 여기서도 예상 밖의 자동 연주 피아노가 우리를 기다리고 있는 것 아닌가!

내가 그동안 정말 아는 게 없었구나 싶었던 게, 야마하에서는 무려 1987년도부터 디스클라비어(Disklavier)라는 자동 연주 피아노를 출시해 지금까지 발전시켜 왔단다. 야마하 디스클라비어 피아노 역시 녹음과 재생 및 편집 작업이 가능하며 해머 속도 해상도 1,024레벨에 페달링 256레벨로 스타인웨이의 스피리오 r과 사양이 거의 동일했다.

야마하 관계자가 디스클라비어 앱에 접속해 프로 음악가가 저장한 연주를 디스클라비어 피아노로 재생하는데, 이게 뭐지? 뜬금없이 바이올린과 첼로 소리가 흘러나오는 것 아닌가? 하이든의 피아노 삼중주 39번 1악장인데, 바이올린과 첼로 파트는 피아노에 장착된 스피커에서 흘러나오고 피아노 파트만 디스클라비어가 자동 연주로 담당한다. 피아노 혼자서 북 치고 장구 치고 다 하는구먼!

디스클라비어 피아노의 가격은 비슷한 사이즈의 스타인웨이 스피리오 r 제품과 비교하면 5분의 1 수준으로 저렴하다. 예컨대 211cm 길이의 스타인웨이 모델은 3억 원대이지만 비슷한 사이즈의 야마하 디스클라비어 DC7X ENPRO 모델은 6천만 원대다. 스타인웨이가 극단적인 하이엔드 음향의 피아노에 집중한다면 야마하는 상대적으로 대중적인 피아노에 강점이 있다. 그러하다 보니 피아노 전공생이나 진지한 애호가들은 대개 연습용으로 야마하를 집에 보유하고 있으며, 스타인웨이는 주로 콘서트홀이나 음악대학 같은 전문 교육기관에서나 만나게 된다.

스타인웨이에서는 스피리오캐스트라는 서비스를 출시했는데, 이 서비스를 이용하면 간단한 앱 조작만으로 바다 건너 멀리 떨어진 곳에서 이루어지는 연주를 내 집 스피리오 r 피아노를 통해 실시간으로 들을 수 있다.

예컨대 피아니스트 랑랑이 카네기홀에서 스피리오 r 피아노로 연주하면서 앱으로 방을 개설해 스피리오 r 피아노 소유자들을 초청하면, 한국에 있는 스피리오 r 피아노 소유자는 해당 방에 접속해 랑랑의 실황 연주를 자신의 스피리오 r 피아노를 통해 실시간으로 감상할 수 있다는 것이다. 물론 이런 호사는 '억억' 소리 나는 스피리오 r 피아노를 소유했을 때나 누릴 수 있지만 말이다.

그나마 야마하 디스클라비어는 좀 저렴하지 않냐고? 내 형편에는 그마저도 그림의 떡이다. 하긴, 어쩌면 당연한 일일지 모른다. 최초의 피아노 개발자인 바르톨로메오 크리스토포리는 유럽 최고의 정경유착 재벌가 메디치 가문에 고용되어 악기를 제작하고 납품했다. 초기의 피아노는 그 당시 최고 재벌이나 소유할 수 있는 물건이었다는 얘기다. 마찬가지로 첨단 반도체, 전자, 인터넷 기술과 결합하며 등장한 새로운 형식의 피아노가 '억' 소리 날 수밖에 없는 것도 어쩌면 당연하겠구나 싶다.

향후 기술의 발전으로 언젠가는 중산층의 집에도 자동연주 피아노를 둘 날이 올지도 모르지만. 그건 어쨌거나 머나먼 미래의 얘기 아니겠는가. 그때까지 마냥 이 상대적 박탈감을 감내할 수만은 없다. 차라리 지방자치단체 같은 공공기관에서 이 진화된 피아노를 구입해 대가들의 방대한 연주 녹음을 선별해 들려주는 정기 음악회 같은 것을 개최하면 어떨까.

솔직히 내가 사는 서울 금천구의 금나래아트홀에 랑랑이나 유자 왕을 초청하는 것은 불가능하지만, 자동 연주 피아노로 세계적 대가들이 직접 녹음한 연주를 정기적으로 재생하는 것은 당장이라도 가능하지 않은가. 문화를 사랑하는 지역 주민들이 음악적 감동과 더불어 기술의 진보가 삶을 얼마나 풍요롭게 만드는지를 체감할 기회가 될 것 같은데, 이런 내 간절한 맘을 높으신 분들이 알아줄랑가 모르겠다.

입시 곡 없이도 피아노
전공이 가능하다고?

서울사이버대학교 피아노학과의 존재를 처음 알게 된 건 네이버 카페 '피아노 사랑'을 통해서다. 이십만 명에 달하는 전공자와 취미생이 어우러져 소통하는 공간인데 회원 중에 피아노에 몹시 진심인 취미생이 많다 보니 늦은 나이지만 제대로 피아노를 공부해 보고 싶다는 글이 종종 올라온다.

사실 나도 그런 생각을 안 해 본 건 아니다. 직업이 작가라 시간을 자유롭게 활용할 수 있으니, 70대에 본격적으로 그림을 그리기 시작해 유명한 화가가 된 모지스 할머니처럼 다시 음대에 입학해 열심히 공부하는 내 모습을 상상한 적이 있다. 하지만 아무리 백수와 종이 한 장 차이라는 전업 작가이지만 나름 소화해야 할 일정도 있는 데다가, 무엇보다도 입시 곡을 연습해서 경쟁을 뚫고 음대에 입학할 실력도 자신도 없다. 그러니 만학도의 꿈은 언감생심이었다. '피아노 사랑' 카페에서 아래의 게시물들을 발견하기 전까지는 말이다.

"제 지인이 대학병원 교수님인데 얼마 전에 서울사이버대학교 피아노과 입학하셨어요. 자녀들 다 대학 보내고 본인 인생 즐기시겠다고요. 연주 영상 녹화해서 지원하시던데 어느 정도 수준이 되어야 지원 가능할까요? 사이버대학교에 피아노과가 있을 줄은 생각도 못 했어요."

"어릴 때 경제적 여유가 없어 피아노를 계속하지 못하고, 진로를 바꾸어 전혀 다른 일을 하는 비전공자입니다. 꽤 오래 피아노를 쉬어 손가락이 잘 따라가 줄까 걱정도 되고, 이제 나이도 너무 많긴 한데, 비전공자가 편입할 수 있는 서울사이버대학교에 대해서 이곳에서 정보를 얻어 희망이 보이는 것 같습니다."

사이버대학이면 온라인으로 수업을 듣는 곳 아닌가? 피아노를 온라인으로 배우다니, 그게 가능한가? 서울사이버대학교 피아노과로 검색을 해 보니 따로 입시 곡을 준비할 필요 없이 누구나 입학 가능하단다. 피아노실기 과목을 수강할 학생은 입학 지원할 때 연주 동영상 제출이 필수이지만, 당락을 결정하는 요소는 아니고 지원자의 수준을 파악하는 용도다. 호기심이 발동하지만 동시에 의구

심도 든다. 이렇게 문턱을 낮추면 교육이 제대로 이루어질 수 있을까?

그렇게 잊고 있다가 피아노 구경하러 방문한 야마하 뮤직 커뮤니케이션센터에서 서울사이버대학 애기를 다시 접했다. 피아노과에서 야마하 자동 연주 피아노 디스클라비어를 이용해 러시아의 명문 음악학교 교수로부터 실시간 원격 레슨을 진행하고 있다는 게다. 그래? 문득 브람스 〈인터메조 Op.118 No.2〉로 개인 레슨 딱 네 번 받았을 뿐인데 내 연주가 얼마나 크게 발전했는지, 그 경험이 떠올랐다.

음대에 진학해 제대로 된 수업과 지도를 꾸준히 받는 다면 어느 수준까지 발전할 수 있을까? 졸업할 때쯤에는 곡에 대한 이해도와 분석력이 훨씬 높아지고 한두 곡쯤은 제법 피아니스트 비스름하게 연주할 수도 있지 않을까? 상상만 해도 짜릿하네! 피아노 실력을 이용해 경제활동을 할 수 있는 수준에 이르기는 어렵겠지만, 꼭 돈으로 바뀌는 행위만이 가치가 있는 것은 아니지 않은가. 피아노를 근사하게 연주하는 나 자신의 모습만으로도 충분한 보상이다. 그리고, 혹시 누가 알겠나. 내 안에 숨어 있던 엄청난 잠재력이 발휘되어 대한민국 음악계의 모지스 아저씨가 될지도.

생각이 여기까지 미치니 한번 제대로 알아봐야겠다는

생각이 들었다. 서울사이버대학교 피아노과에 연락해 취재 의사를 밝히고 약속된 시간에 방문했다. 마침 로비에는 자동 연주 피아노 디스클라비어가 미래의 모지스 아저씨 등장을 반기듯 연주되고 있었다. 비치된 홍보 책자를 집어 들어 살펴보니 여느 피아노과처럼 4년 교육 과정에 이론과 실기 과목이 적절하게 배합되어 체계적이다. 연세대학교 음악 학장을 역임했고 피아니스트로서도 이름을 날린 이경숙 씨가 석좌 교수인 것도 눈에 들어왔다.

교수와 학생 양측 입장을 모두 들어 보고 싶어 피아노과 학과장인 윤소영 교수와 학생회장 장연주 씨를 인터뷰했다. 둘의 얘기를 종합하면 피아노과는 2015년에 개설되어 2022년 5월 현재 피아노과 재학생이 400명이 넘으며 그중 대다수가 직장 생활과 병행하며 다니는데, 30~40대가 많고 50~70대 학생도 있다. 피아노과로서는 유례가 없는 온라인 학습 시스템이다 보니 여기저기서 주목받고 있는데, 특히 코로나 사태 이후 신입생이 많이 늘었고 학교의 교육 시스템에 관심이 더욱 높아졌다고 한다.

에두르지 않고 불편한 질문부터 던졌다. 온라인으로 수업이 진행되는 사이버대학에 대한 편견이 있지 않냐, 누구나 입학할 수 있다 보니 이곳에서 학사 학위를 받는다 한들 제대로 인정받을 수 있을지?

장연주 학생 / 의외로 음대 전공하다가 여기 다시 오는 분들도 있더라고요. 교수진도 신뢰가 가고 학비도 적게 드니까요. 대학원까지 염두에 두고 오는 분들도 많습니다. 여기서 학사 과정 밟고 대학원을 지원하면 대부분 합격하더라고요. 일단 본인이 실력도 되고 열심히 하는 것도 있겠지만, 이곳 교수님의 티칭이나 레슨이 먹힌다는 거잖아요.

윤소영 교수 / 사이버대학교 피아노과에 입학하는 학생들의 수준이 낮지 않습니다. 여기 교수들이 다 일반 대학에서 가르치시다 온 분들인데, 여타 학교들과 학생들 수준을 비교했을 때 뒤처짐이 없다고 말합니다. 물론 우리 피아노과 신입생들을 보면 기초적인 수준부터 아주 잘 치는 학생까지 폭넓게 있는데, 학생들의 수준에 따라 맞춤형 교육이 제공되고 있고 잘 치는 학생들 비율이 그렇게 낮지 않습니다.

의사, 경찰, 주부 등 각자 하는 일도 다양하고 나이도 많지만, 부산에서 비행기 타고 와서 2주에 한 번씩 대면 레슨받고 가는 학생도 있을 정도로 열심히 한단다. 세 아이의 엄마이자 직장인인 40대 나이의 장연주 씨 또한 그런 경우였다.

장연주 학생 / 2017년에 서울사이버대학교에 다니기 시작했어요. 아버지는 성악을 하시고 어머니는 교육자이신데 제 이름을 '연주'라고 지어 주실 정도로 제가 음악을 하기를 바라셨습니다. 저도 피아노가 싫지는 않았지만, 다른 진로를 선택했는데요. 교회에서 성가 반주도 하고 지휘도 하다 보니, 뭐랄까 갈증을 느꼈어요. 서양 음악사, 음악 이론, 화성학과 음악 분석 같은 이론적인 부분을 공부하고 싶었는데, 다른 교회 지휘자분이 서울사이버대학교 피아노과를 소개해 주셨어요. 제가 세 아이의 엄마고 직장도 다니니 전적으로 대학 생활을 누릴 수 있는 게 아니잖아요. 그런 저한테 딱 맞는 학교였어요.

장연주 씨는 원래 이론 강의 위주로만 들을 생각이었는데, 실기 교수진 명단을 보고 대면 레슨까지 신청하게 되었다고 한다. 홈페이지에 나와 있는 실기 지도 교수진을 보면 이경숙 교수를 필두로 대부분 미국이나 유럽에서 박사학위를 취득한 이들이다. 학교 연습실의 피아노도 야마하 그랜드이고 파이프 오르간도 있을 정도로 시설이 좋아, 허투루 배우는 느낌이 아니었다. 누가 시켜서 억지로 하는 게 아니고 스스로 선택한 길이니, 집에서도 사일런트 피아노로 새벽 2시까지 연습했다고 한다.

사실 학교 연주홀에서 목격한 파이프 오르간은 나에게

도 큰 자극이었다. 오르간을 전공한 교수가 가르치는 오르간 실기 과목도 있다고 하니 바흐의 오르간 곡에 관심이 많은 나로서는 솔깃하지 않을 수 없었다.

윤소영 교수 / 우리 학교는 실기 과제 곡마다 콘텐츠가 다 만들어져 있습니다. 교수들이 미리 동영상을 찍어 놓는 거예요. 온라인 학교이다 보니 다각도로 찍는 기술이 발달해 있어서, 손의 움직임을 위·아래·옆으로, 그리고 페달까지 모든 움직임을 다 잡는 거죠. 이 수업을 온라인으로 들은 학생들이 오프라인 대면 레슨 일정을 잡아서 교수에게 일대일로 레슨을 받습니다. 지방이나 외국에 거주해 대면 레슨을 받기 어렵다? 그런 경우는 실시간으로 온라인 레슨을 받습니다. 학생 중에는 제주도, 카타르, 일본, 중국, 캄보디아, 미국 거주자도 있거든요.

장연주 학생은 2018년 1학기에 디스클라비어 수업에 참여한 경험을 다음과 같이 풀어놓는다.

장연주 학생 / 솔직히 말하면, 상상이 안 됐어요. 어떻게 내가 치는 소리가 러시아까지 실시간으로 전달이 되는지 말이에요. 그쪽은 아침 시간이고 우리는 오후 시간이었어요. 화면을 통해 서로의 모습을 보면서 제가 학교에 있는 디스클라비어 피아노로 연주하면 러시아에 있는 디스클라비어 피아노에서 제 연주가 실시간으로 건반 터치와 페달링까지 정확하게 재현이 되는 거예요. 그렇다 보니 섬세한 부분까지도 티칭이 가능하더라고요. 교수님이 통역을 해 주신 덕에 레슨 받는 데에 큰 어려움은 없었습니다.

마지막으로 윤소영 교수에게 기억에 남는 학생이 있느냐는 질문을 던졌다.

윤소영 교수 / 제가 여기 처음 부임했을 때 받은 학생이 있는데, 이 학생이 한 마디 이상을 못 치더라고요. 우느라고요. 너무너무 긴장하는 거예요. 자기가 못 친다고 생각하고, 교수가 쳐다보고 있으니까 떨리고. 저희가 학내 연주회를 많이 하는데, 그 학생이 준비 과정부터 긴장한 탓에 매번 무대에 서지도 못했어요. 그런데 결국에는 상당히 어려운 곡을 완주하고 졸업했어요.

혹여나 직접 알아보고 실망하면 어쩌나 했는데, 취재하고 나니 기대 이상이라 더욱 관심이 커졌다. 입시에 대한 부담감이나 무대 공포증이 있는 사람, 직장 때문에 대면 강의 참가가 어려운 이에게는 상당히 괜찮은 대안이라는 생각이 들었다. 한참 인터뷰 녹음 파일을 들으며 글을 쓰다가 마침 옆에 놓인 서울사이버대학교 신·편입생모집안내 책자의 표지가 눈에 들어왔다. 한때 인상적인 광고 멘트로 인기를 끌었던 '서울사이버대학을 다니고 내 인생이 달라졌다'라는 문구가 들어왔다. 다만 '내 인생'이 '내 연주'로 읽힌 것은, 내가 피아노에 진심이기 때문이겠지.

방구석 연주자의 악보 해석

클래식 음악 애호가들이 정보와 의견을 주고받는 모
게시판에 '근데 애초에 연주자들이 뭔데 곡 해석을 함?'이
라는 도발적인 제목의 글이 올라왔다. 확실히 클릭을 부
르는 제목인지라 나도 낚여서 본문을 읽었다. 대략 이런
내용이었다. 악보라는 게 작곡가가 직접 이렇게 저렇게
치라고 지시한 내용인데, 그대로 치면 되는 것이지 도대
체 무슨 해석이 필요하냐, 본인만의 음악을 할 거면 차라
리 작곡을 해라, 왜 남의 곡에다가 제멋대로 해석을 덧붙
이냐는 게 요지였다.

제목이나 본문의 어투가 공격적이긴 하지만, 음악에
관심이 있다면 누구나 한 번쯤은 가져 볼 만한 의문이라
는 생각이 들었다. 연주자란 그저 포르테 나오면 세게 치
고, 피아노면 여리게 치고, 속도 딱 맞춰서 음표 빼먹지 않
고 충실하게 연주하면 되는 게 아니냔 말이다. 연주자는

작곡가의 의도를 충실히 재현하면 되는데, 독창적 해석이
란 것을 시도하는 순간 작곡가의 고유 영역을 침해하는
것 아닌가 싶기도 하고.

많은 댓글이 달렸는데 글쓴이에 대한 핀잔도 있었지만,
눈여겨볼 내용도 적지 않았다. 예를 들자면 이런 의견 말
이다. 악보의 지시 사항은 대체로 추상적이다. 포르테면
얼마나 세게 칠 것인지, 열정적으로 치라는 악상기호는 어
떻게 연주할 것인지, 이런 게 다 연주자에게 부여된 해석
의 영역이다. 똑같은 시나리오에다 동일한 배역을 맡더라
도 배우마다 연기가 다르듯이, 같은 악보로 연주하더라도
연주자마다 표현 방식에서 큰 차이가 나기 마련이다.

이런 얘기는 비단 직업적 피아니스트에게만 적용되는
건 아니다. 방구석 취미생인 내 경우만 하더라도 제대로
연주해 보겠다고 마음먹는 순간부터 악보를 해석하는 일
은 코앞의 절실한 문제로 다가온다. 이 정도로 그치면 뜬
구름 잡는 얘기처럼 느껴질 테니, 구체적인 곡 하나를 예
로 들어 설명해 보겠다. 슈만의 〈어린이를 위한 앨범〉 16
번 곡이다.

슈만이 이 곡에 붙인 제목은 'Erster Verlust'인데, 우리
말로 번역하면 '첫 상실'이다. 중학교 때 이 곡을 처음 쳐
봤는데 당시 제목 따위에는 크게 신경 쓰지 않았다. 어차
피 단조 곡이니 좀 슬픈 느낌으로다가 악상기호를 충실하

Robert Schumann

Album fur die Jugend Op. 68 No.16
Erster Verlust

게 살려 연주하면 되겠다 싶었다. 하지만 중년 아저씨가 된 지금에 와서는 '첫 상실'이라는 제목이 뭔가 자꾸 마음에 걸렸다.

1810년생인 슈만은 어린이를 위한 앨범을 1848년에 작곡했다. 마흔 거의 다 된 남자가 곡 제목을 '첫 상실'이라고 지었다? 뭔가 짐작 가는 구석이 있어 위키피디아 영어판에서 슈만에 관한 내용을 살펴보았다. 아내인 클라라와의 사이에 여덟 명의 자식을 두었는데 1846년에 태어난 넷째 에밀 슈만이 이듬해인 1847년에 사망했다는 사실을 발견할 수 있었다. 아! '첫 상실'은 어린 나이에 세상을 떠난 아들에 대한 슬픔이 담긴 곡이구나. 내 중학교 시절의 연주가 얼마나 철없고 경망스러운 것이었는지 깨닫는 순간이었다. 그때는 전후 사정을 몰랐으니, 그야말로 악보 보고 그대로 쳤을 뿐이었다.

왼쪽 악보에서 보다시피 빠르기말은 독일어로 Nicht schnell(빠르지 않게)이며, 메트로놈 기호는 분당 4분음표 96회(♩=96)로 지정되어 있다. 제목의 의미를 깨닫고 나니 '빠르지 않게'라는 악상기호의 의미가 한층 무겁다. 메트로놈 앱으로 4분음표 분당 96회 속도를 가늠해 보니 내 중학교 때 연주 속도보다 느리다. 아들의 죽음과 연관된 곡이니 다소 느린 템포로 연주하는 게 맞겠지.

프로 연주자들은 어떤 템포로 연주하는지 궁금해서 유튜브로 몇몇 연주를 찾아 들었는데, 대부분 메트로놈 지시보다도 더 느리게 연주하고 있다. 어? 이상한데? 뭔가 짚이는 구석이 있어서 IMSLP 사이트에 접속해, 슈만의 〈어린이를 위한 앨범〉 1849년 출판 악보, 그리고 1887년 출판 악보(아내 클라라 슈만이 편집)를 살펴보았다. 해당 악보에는 메트로놈 기호가 없으며 Nicht schnell(빠르지 않게)만 있었다.

역시! 그랬구나. 메트로놈 기호는 나중에 어떤 악보 편집자가 임의로 넣었구나. 여러 판본의 악보를 교차 검증하며 철저하게 고증하는 프로 피아니스트들은 이 사실을 깨닫고 메트로놈 속도를 걸러 낸 것이다. 중요한 것은 작곡가 슈만의 의도이니까. 확실히 4분음표 분당 96회는 아이를 잃은 아픔을 표현한 곡으로서는 다소 빠른 템포로 느껴진다.

자, 어떤가? 슈만의 피아노 소품 악보에서 제목, 빠르기말, 메트로놈 기호만 해석하는 데에도 슈만의 삶을 들여다봐야 하고 출판된 다양한 악보를 교차 검증해야 한다. 본격적으로 시작도 안 했는데, 이 정도다. 그러면 한 발 더 나아가 볼까?

곡의 서두부터 독특한 셈여림기호가 등장한다. fp(포르
테피아노)인데, 그런 만큼 슈만이 일부러 신경 써서 적어
넣은 것일 테다. 첫 음만 포르테로 연주하고 이어지는 음
은 피아노로 연주하라는 지시다. 솔-파#-미-레#-미에서
첫 음인 '솔'만 포르테로 연주하고 이후로는 별도의 지시
가 있을 때까지 피아노로 연주하라는 의미다.

뭐 중학교 때처럼 그런가 보다 하며 기계적으로 연주
할 수도 있겠지만, 그런 식으로 무심코 넘어가기에는 생
각이 많은 나이가 되어 버렸다. 나는 이 곡이 못갖춘마디
라는 점과 연결해 fp의 의미를 생각해 보았다. 서양 음악
에 못갖춘마디 곡이 상대적으로 많은 이유는 그 지역의
언어와 연관이 깊은데, 그들의 문장을 보면 관사로 시작
하는 경우가 많다. 예컨대 다음과 같은 문장을 보자.

A boy falls in love with a girl.

만약 이 문장으로 노래를 부른다면 특별한 경우를 제외하고는 맨 앞의 관사 'A'보다는 다음에 나오는 'boy'가 중요한 단어일 것이다. 음악 시간에 배워 알다시피 3박자는 '강-약-약', 4박자는 '강-약-중강-약'으로 첫 박이 강박이다. 그런데 'A boy falls in love with a girl.'을 가사로 갖춘마디로 곡을 지으면 'A'가 강박에 배정된다. 이것은 부자연스럽다. 하지만 못갖춘마디일 경우는 'A'가 약박에, 'boy'는 다음 마디의 첫 박인 강박에 배정된다. 이렇듯 서양 언어 구조의 특징 때문에 그들의 음악은 못갖춘마디 곡이 많다.

슈만의 이 소품도 못갖춘마디 곡이니, 별다른 지시가 없다면 '솔-파#-미-레#-미'에서 첫 음인 '솔'은 약박이고 그 다음에 나오는 '파#'이 강박에 배정된다. 그래서 자연스럽게 '파#'을 조금 도드라지게 연주하게 된다. 하지만 슈만은 멜로디가 그렇게 흘러가기를 바라지 않았던 것 같다. 그래서 일부러 '솔'에 fp를 표기해 못갖춘마디지만 첫 음을 약하지 않게 신경 써서 연주하도록 지시한 것으로 보인다. 이러한 내 판단이 맞는다면 fp 표기는 그저 첫 음을 세게 치라는 의미라기보다, 못갖춘마디라는 이유만으로 첫 음을 허투루 대하지 말라는 뜻으로 해석할 수 있다. 그렇다면 '솔'은 튈 정도로 크게 치기보다는 존재감을 드러낼 정도의 음량으로 연주하는 것이 오히려 슈만의 의도에 부합하지 않을까. 'A boy'를 발음할 때 앞의 'A'를

'Boy'와 동등한 비중으로 발음하는 식으로 말이다.

fp에 대한 해석은 이 정도로 마무리 짓고, 이제 주제 선율로 시선을 옮겨 보자. 곡은 전체 32마디이며 A-B-A′의 단순한 구조다. 도돌이표를 충실하게 지키더라도 채 2분이 걸리지 않는 소품이지만 가볍게 여길 수 없는 탄탄한 구성미와 조형미가 깃들어 있다. 주제 선율에 등장하는 모티브가 내내 곡의 뼈대를 형성하기 때문이다. 다음 페이지의 악보 1)에 그 모티브를 따로 표시했다.

악보 2)를 보면 A-B-A′의 구조에서 이 모티브가 가장 극적으로 활용되는 부분은 B이다. 아무리 최고급 사골이더라도 이 정도로 우리면 너무한 것 아니냐고 할 수준이다. 조금 과장해서 베토벤 5번 교향곡의 그 유명한 '따따따단' 모티브에 비견할 만하다. 그 우려먹은 곳들을 표기했다. 좁아터진 8마디에 아홉 군데나 등장한다.

특히 후반부 네 마디에 집중적으로 등장하는데, 마치 푸가*의 스트레토**를 연상케 하는 다성음악적 매력이

---

* 푸가(fuga): 작곡 방식의 하나로, 16세기에 시작하여 바흐 작품에서 형식과 표현이 정점을 찍었다. '도주(逃走)'를 의미하는 이탈리아어에서 유래했는데, 한 성부가 다른 성부에 이어서 선율을 모방하는 것이 쫓고 쫓기는 것과 같다고 해서 이름지어졌다.
** 스트레토(stretto): 한 주제가 끝나기 전에 다른 성부를 겹쳐 이어 감으로써 거세게 몰아치는 듯한 긴박감을 자아내는 기법.

1)

2)

담겨 있다. 내가 특히 놀랐던 부분은 9번으로 표기한 베이스의 네 음이다. 도대체 어디냐고? 따로 동그라미 쳐 놓은 '도-시-라-시' 말이다. 주제 선율의 모티브가 8분음표에서 2분음표로 '확대'되어 베이스에 숨어 있다. 이 얼마나 절묘한가!

연주자가 슈만의 이러한 모티브 활용을 명확하게 인지하느냐 그렇지 못하느냐에 따라 연주의 질은 크게 달라진다. 베이스의 네 음을 모티브의 확대 모방으로 인지한 연주자는 저 밑바닥에 존재하는 네 음이 독자적 선율로서 존재감을 드러내도록 신경 써서 연주한다. 하지만 슈만의 의도를 포착하는 데에 실패한 연주자는 무신경하게 '악보대로' 건반을 누를 뿐이다.

작곡가의 의도에 대한 탐구와 사색은 곡의 감상에도 큰 영향을 미친다. 슈만의 작곡 의도를 깨달은 나로서는, 대부분 윗성부 멜로디만 따라 듣고 있을 때 그 문제의 베이스 네 음을 연주자가 어떻게 다루는지 주의 깊게 살피지 않겠는가. 결국, 아는 만큼 연주하고 아는 만큼 감상하기 마련이다. 하나의 음, 악상기호도 허투루 넘어가지 않고 작곡가의 삶까지 파고들어 치밀하게 분석하는 쪽. 악보 그대로의 재현이 연주의 본질이라며 기계적으로 건반만 눌러 대는 쪽. 과연 누가 작곡가를 존중하며 그 의도에 충실한 연주일까? 답은 자명하다.

문득 연주라는 행위가 문학평론과 비슷하다는 생각이 든다. 문학평론 중에는 작가의 의식 너머에 존재하는 내밀한 부분까지 파헤쳐 의외성의 기저에 깔린 필연성을 길어 올릴 정도로 탁월한 통찰을 보여 주는 글도 있지 않은가. 훌륭한 연주란 바로 그러한 문학평론과도 같은 것은 아닐까. 그런 맥락에서 보면 연주는 기호의 형태로 박제된 작품에 생명력을 불어넣는 연금술이자 창조 행위라고 해도 과언이 아닐 것이다. 아무쪼록 이 글이 '애초에 연주자들이 뭔데 곡 해석을 함?' 같은 의문을 지닌 이들에게 적절한 답을 제공했기를 바랄 뿐이다.

원하는 소리를 만들기 위해서라면
피아노까지 해체하는 남자

하루는 한참 유튜브로 피아노 연주를 듣고 있는데, 둘째 딸이 오더니 불쑥 말을 건넨다. "아빠, 이거 누가 연주하는 거야? 너무너무 잘 치네. 소리가 귀에 쏙쏙 박혀." 역시! 동네 학원 다니는 초등학생한테도 여타 피아니스트의 연주와는 차원이 다르게 느껴졌나 보다. 하긴 나도 처음 접했을 때 눈이 휘둥그레졌으니까.

그리고리 소콜로프(Grigory Sokolov, 1950~).

이 피아니스트와의 진지한 첫 만남은 브람스 피아노 협주곡 2번 유튜브 동영상을 통해서였다. 이 곡의 전설적인 명연주로 평가되는 피아니스트 빌헬름 박하우스 음반을 소싯적에 귀가 닳도록 듣다 보니, 사실 다른 사람의 연주에 큰 기대는 없었다. 소콜로프의 영상은 화질과 음질이 좋지 않았는데, 유카-페카 사라스테가 지휘하는 핀란드 방송 교향악단이 오케스트라 파트를 맡은 1987년 헬

싱키 공연 실황이었다.

호른이 주제 선율을 연주하며 1악장이 시작되면 약간의 시간 차이를 두고 피아노도 합류한다. 이 부분이 해돋이 무렵의 지평선을 연상시키는 특유의 운치가 있는데, 그리고리 소콜로프의 탄탄한 양손이 저음부에서부터 차근차근 계단을 밟아 올라가며 으뜸화음의 구성음들을 쌓아 올린다. 이 도입부에서부터 나는 소콜로프의 포로가 되어 버렸다.

왜, 그런 것 있지 않나. 책의 첫 문장부터 작가가 심상치 않다는 것을 감지하는 경우 말이다. 고작 피아노 연주 두 마디에 입이 쩍 벌어지더니, 20분 가까이 소요되는 1악장 연주 내내 무언가에 홀린 듯 음악에 빠져들었다. 소콜로프의 연주가 만들어 내는 몰입감은 난다 긴다 하는 최고 수준의 피아니스트들을 아득히 뛰어넘는다. 이 긴 협주곡의 음 하나하나를 산문이 아닌 운문 수준의 밀도로 표현할 수 있는 피아니스트가 과연 또 있을까.

나름 음악 애호가로 어설프게나마 피아노를 뚱땅거리는 사람으로서 그동안 아르투르 루빈스타인, 블라디미르 호로비츠, 스비아토슬라프 리히터 같은 거장들의 연주도 제법 들어 봤지만, 그 어떤 연주에서도 소콜로프만큼 충격을 받은 적은 없었다. 당시 느낌은 '왜 내가 이제껏 이 사람을 몰랐을까?'였다.

그리고리 소콜로프는 1950년 4월 18일 레닌그라드(지금의 상트페테르부르크)에서 태어났다. 5세에 피아노를 연주하기 시작했고 7살에 레닌그라드 음악원 영재학교에 입학해 두각을 나타내었으며 영재학교 졸업 후 레닌그라드 음악원에서 피아노 공부를 이어 나갔다. 1966년에는 역대 최연소인 16세의 나이로 차이콥스키 콩쿠르에서 우승하며 세상을 놀라게 했다.

당시 심사위원장이었던 피아니스트 에밀 길렐스는 무명의 16살 소년을 우승자로 선정했다는 이유로 여론의 거센 비난에 시달려야 했다. 에밀 길렐스도 억울할 만한 것이, 당시 상황을 담은 영상을 보면 심사위원 투표용지를 하나씩 확인할 때마다 어김없이 소콜로프의 이름이 호명된다. 압도적 차이로 우승한 것이다. 16세임에도 불구하고 다른 참가자들과는 격이 다른 기량을 보여 줬으니 가능한 일일 테다.

당시 대중의 막무가내식 비난 여론에 소콜로프도 상처를 받았던 것 같다. 인터뷰를 꺼리는 성격 탓에 자료가 많지는 않지만, 내가 살펴본 몇몇 인터뷰에서 그는 예술에서 나이는 중요하지 않다고 강한 어조로 얘기했다. 비평가들이 천편일률적으로 젊은 음악가의 연주는 신선하고 즉흥적이라고 평하고, 나이 먹은 음악가에 대해서는 연륜과 성숙함만 얘기한다며 못마땅해했다. 요절한 천재 예술가들도 원숙한 성과물을 남기지 않았느냐며, 진정한 음악가는 젊은 나이에도 성숙한 연주를 들려줄 수 있으며 그래야 한다고 힘주어 말한다. 소콜로프가 1966년 차이콥스키 콩쿠르에서 연주한 생상스 〈피아노 협주곡 2번〉을 유튜브에서 찾아서 들은 나로서는, 그의 주장을 반박할 수 없었다. 도대체 누가 이걸 16살 피아니스트의 연주라고 하겠는가.

소콜로프는 언론 노출을 극도로 꺼리고 음반 제작에도 거부감을 갖고 있다 보니, 타의 추종을 불허하는 실력과 왕성한 연주 활동에도 불구하고 한동안 대중적 인지도가 높지는 않았다. 하지만 주머니 속 날카로운 송곳이 어찌 그 모습을 드러내지 않을 수 있겠는가? 그가 드문드문 남긴 음반이 엄청난 반향을 일으키고 관객들이 몰래 녹음한 수많은 음원이 유튜브를 통해 급속도로 퍼져 나가면서 클래식 애호가들의 입에서 그의 이름이 회자되더니, 언제부터인가 '현존하는 최고의 피아니스트', '피아니스트들이 가장 존경하는 피아니스트'라는 수식어가 붙게 되었다.

음악계 인사들의 평가를 들어 보면 그가 지닌 압도적 위상을 느낄 수 있다. 세계적인 음반사 도이치 그라모폰 부사장을 역임하고 스위스 베르비에 페스티벌을 만들어 세계적인 음악제로 키워 낸 마틴 엥스트롬은 소콜로프에 대해 다음과 같이 얘기한다.

"전 높은 수준의 피아노 연주에 익숙한 사람입니다. 하지만 소콜로프는 그것을 뛰어넘죠. 때론 너무나 놀라워서 이런 피아노 연주가 가능한지도 몰랐을 정도입니다. 그의 연주를 라이브로 들어 본 적이 없다면 꼭 들어 봐야 해요."

세계적인 피아니스트들의 콘서트 매니지먼트를 오랫동안 담당해 온 마르코 리아스코프는 소콜로프에 대한 동료 피아니스트들의 반응을 들려준다.

"흥미로운 사실이 있죠. 훌륭한 피아니스트들은 대부분 동료 피아니스트들에 대해 매우 비판적이라는 겁니다. 전 유명한 피아니스트를 거의 다 아는데 그들은 모두 그리샤(소콜로프의 애칭)를 존경해요. 전부 다요. 라두 루푸나 다니엘 바렌보임에게 물어보면 다들 '소콜로프는 정말 대단하지. 놀라운 명연주자, 놀라운 음악가야' 이렇게 얘기합니다."

물론 소콜로프의 연주에 대해서 찬양 일색인 것은 아니다. 비판적인 견해도 존재한다. 1988년생으로 18세의 나이에 리즈 콩쿠르에서 우승해 지금껏 세계를 무대로 활발하게 활동하는 피아니스트 김선욱은 10대 시절부터 소콜로프의 희귀 음반을 모을 정도로 열성적인 팬이었다. 하

지만 2017년 〈에스콰이어〉와의 인터뷰에서 언제부터인
가 소콜로프의 연주를 멀리하게 됐다며 다음과 같이 털어
놓았다.

"그리고리 소콜로프라는 피아니스트가 있는데요, 사람
들은 그 사람이 50대 후반까진 별로 관심이 없었어요.
근데 갑자기 60대부터 엄청 신적인 존재가 됐어요. 저는
10년 전에 소콜로프 음악 되게 좋아했어요. 되게 중독적
이고 어떤 음악을 치든 이 사람 연주가 들리지, 이 사람
이 뭘 연주하는지는 안 들려요. 이 사람이 어떻게 치는
지만 들려요. 처음엔 그게 너무 중독이 되니까 소콜로프
가 최고인 것 같았어요. 그런데 곧 너무 공허해졌어요.
음악을 다 듣고 나면 여운이 남아야 되는데 그냥 이 사
람이 만들어 낸 긴장감이랄까요? 이 사람이 청자를 딱
옭아매는 긴장감이 연주 기법이나 표현 방식에서 드러
나는데 어느 순간 그게 너무 싫은 거예요. 못 견디겠는
거예요. 너무 세밀하게 잘 가꾼 공원 같아. 자연 그대로
유지된 게 아니라 너무 잘 만들어진 공원인 거죠. 난 저
렇게 치지 말아야겠다 생각했어요."

피아니스트 김선욱의 이러한 평가는 수긍할 만한 부분이
있다. 소콜로프의 연주를 문학평론에 비유하자면 평론 글
자체가 워낙 뛰어나고 개성적이라 오히려 대상이 되는 문

학작품이 가려지는 상황이라고나 할까. 실제 소콜로프의 연주를 듣다 보면 어느 순간 작곡가의 존재감은 사라지고 소콜로프가 만들어 내는 초월적 음향에 사로잡혀 있음을 깨닫게 된다. 만약 작곡가들이 부활해 연주를 듣는다면 내 곡이 이렇게 훌륭한 곡이었느냐며 깜짝 놀랄 것 같다. 사람을 휘어잡는 이 엄청난 마력이 누군가에게는 (작곡가와 연주자의 관계에서) 본말이 전도된 불편함으로 다가올 수도 있을 것이다.

나도 소콜로프가 연주하는 브람스 〈인터메조 Op.118 No.2〉를 들으면서 김선욱과 비슷한 생각을 한 적이 있다. 이 곡은 브람스가 클라라 슈만을 연모하며 평생 독신으로 살았던 그 절절한 감정을 담은 피아노 소품이다. 내가 개인 레슨까지 받으며 연습했던 곡이라 악보를 세세하게 알고 있기도 한데, 여러 피아니스트의 연주를 비교 감상하다가 소콜로프의 연주를 듣고 깜짝 놀랐다. 신에게 드리는 처절한 신앙고백이라고 느낄 정도의 긴장감에 압도되었기 때문이다. 분명 대단한 연주이지만, 한편으로는 곡의 전반적 정서를 고려했을 때 너무 과한 해석이지 않나 싶기도 했다. 소콜로프가 연주하면 바이엘에도 극도의 긴장감과 고뇌를 담을 수 있을 거라는 우스갯소리를 본 적이 있는데, 제법 설득력 있다는 생각이 들었다.

어쨌든 소콜로프에 대한 찬반양론이 동일하게 입증하

고 있는 것은 그가 만들어 내는 음향이 여타 피아니스트와는 차원이 다를 정도로 청자를 매료시킨다는 사실이다. 도대체 소리가 어떠하기에? 음향의 다이내믹이 상당히 극적이며 음색 또한 천변만화인 데다가, 무엇보다도 음 하나하나가 진주알처럼 명료하다. 그 명료함을 구현하기 위해 논 레가토 주법으로 음 하나하나를 끊어서 치는데, 각각의 음이 저마다 공간을 형성하면서도 앞뒤 음의 공간과 절묘하게 중첩되어 연결된다.

그래서 소콜로프의 논 레가토는 단순히 음이 툭툭 끊어지지 않는다. 레가토 주법 이상으로 부드러운 느낌을 주면서도 음 하나하나가 단단한 보석처럼 명징한, 이율배반적 울림을 형성한다. 이런 독보적인 음향을 구현하려고 도대체 어느 정도로 건반 터치와 페달링을 연구했을지, 감히 상상도 되지 않는다. 소콜로프는 자신이 원하는 소리를 만들기 위해서라면 필요한 경우 연주회장의 피아노를 분해해 재조립하기도 한단다. 그가 음반 제작을 기피하는 이유도, 자신이 공연장에서 만들어 내는 음향의 디테일을 음반이 제대로 담아내지 못하기 때문이다.

소콜로프는 뭔가에 꽂히면 끝장을 보는 성향이 다분해 어린 시절 나비를 수집하고 분류해 앨범을 만들고, 모형 비행기로 방을 가득 채우기도 하고, 교통수단에 흥미를 느껴 방문한 도시의 버스 노선과 정류장을 샅샅이 파악해 외울 정도였다. 이러한 기질이 피아노 연주에까지 이어져 놀라운 완성도의 음향을 만들어 내며, 청중은 그 소리의 심연에 빠져들어 마치 예배를 드리듯 연주를 경청하게 된다. 유럽에서 소콜로프의 공연을 직접 들은 한국인들이 남긴 후기에는 그러한 분위기가 여실히 드러난다.

"연주를 직접 들은 사람으로서 연주회장에서 눈물 흘려 보기는 처음이었습니다. 최고예요. 음반으로는 절대 경험 못 합니다. 스튜디오 녹음 안 하는 이유가 있어요."

"충만함에 가득 차서, 여운을 음미하며 기분 좋게 귀가할 수 있게 하는 연주가 아니었다. 듣는 이를 숨 막히게 하고, 황홀하게 하고, 극단으로 몰아붙이고, 결국은 기진맥진하게 하는 연주였다. (······) 어떤 이들이 소콜로프의 연주를 종교적 체험에 빗대는 게 이해가 된다. 신앙의 그것처럼 사람을 두렵게 하기 때문이다."

"청중 중엔 수많은 유명 피아니스트들뿐만이 아닌, 공연 없는 날들은 집에서 푹 쉬어야 하기에 원래 공연을 아예 보러 다니지 않는 많은 오케스트라 단원들, 수석들도 있었다. (······) 청중들의 기립이나 미친 열광들조차 아무런 관심이 없고 또 그러한 미친 반응들조차 마치 불쾌하고 귀찮다는 듯한 무심한 표정으로 오로지 공연 내내 심지어 작곡가 슈베르트가 중요한 게 아닌 그가 만들어 낸

음악 그 자체만을 보여 주려고 했던 소콜로프. 짐머만이
나 폴리니, 아르헤리치 수준의 피아니스트들조차 소콜
로프의 저 높은 세계에는 다다르지 못한다는 걸 관객들
에게 각인시켜 준 공연."

어느덧 인생의 버킷리스트에 한 가지가 추가되었다. 소콜
로프의 실연을 듣는 것이다. 걷잡을 수 없던 십대 시절 친
구들이 브룩 쉴즈, 피비 케이츠, 소피 마르소 책받침에 목
숨 걸 때도 초연했는데, 이 나이 먹고 70대 노인의 팬이
되어 공연장 찾아갈 궁리를 하게 되다니. 공연장에서 소
콜로프 사인 있는 책받침을 판다면 웃돈 얹어서라도 살
마음의 준비가 되어 있다. 연세가 많은 양반이라 하루라
도 빨리 들어야 하는데 비행기 타는 것을 꺼려서 유럽에
서만 연주한다니 마음이 조급하다. 소콜로프 공식 홈페이
지(www.grigory-sokolov.net)에 나와 있는 연주 일정에 맞춰
카드 할부를 돌려서라도 유럽에 가야겠다. 한 번 사는 인
생인데 후회할 일은 하나라도 줄여야 하지 않겠나.

에필로그: 작가가 추천하는 피아노 영상

제아무리 세밀한 묘사의 글을 동원한다 한들, 음악의 진정한 매력은 결국 고막의 진동을 통해서만 느낄 수 있다. 활자만으로 온전히 전하기 어려운 음악의 감동을 공유하기 위해 연주 영상들을 QR코드로 만들어 보았다.

본문에 등장하는 피아노 곡

베토벤 〈엘리제를 위하여〉
랑랑
버터 향 가득한 빵 위에 슈크림을 올려 먹는 맛.

드뷔시 〈달빛〉
조성진
여보세요. 혹시 내 귀에다가 꿀을 바른 건 아닌가요?

바흐-부조니 〈샤콘느〉
아르투르 루빈스타인
84세 노인의 인생이 농축된, 측량하기
어려운 깊이의 연주.

바흐 〈인벤션〉
글렌 굴드
다른 피아니스트의 바흐가 커피라면,
굴드는 TOP야.

리스트 〈라 캄파넬라〉
예프게니 키신
10년 근속 공무원과도 같은 성실한
연주.

슈만 〈어린이를 위한 앨범 Op.68
No.13〉
임승수
슬그머니 숟가락 얹기는! 네가 여기서
왜 나와?

브람스 〈인터메조 Op.118 No.2〉
백건우
덤덤한 연주 뒤에 서려 있는, 아련한 그
시절의 추억.

존 슈미트 〈All of Me〉
존 슈미트
클라이맥스에서 터지는 팔뚝 샷에
짜릿한 전율이 흐른다.

바흐 〈아리오소〉
마리아 조앙 피레스
피아노 소리가 어디까지 아름다울 수
있는지, 그 극한을 보여 준다.

헨리 카웰 〈마나우나운의 조수〉
엘리프 오날
손가락보다 손바닥과 팔뚝이 더 바쁜
피아노 곡이라니.

원 디렉션 〈What Makes You Beautiful〉
피아노가이즈
다섯 명의 장정이 만들어 내는,
피아노라는 가능성의 확장.

슈만 〈어린이를 위한 앨범 Op.68 No.16〉
외르크 데무스
어린이용 소품에서마저 느껴지는
대가의 품격.

슈베르트 〈즉흥곡 Op.90 No.3〉
크리스티안 짐머만
완벽주의자가 '완벽한 연주란 이런
거야'라고 알려 주는 연주.

내 심장에 남을
최고의 연주를 들려준 피아니스트

바흐 〈골드베르크 변주곡〉
글렌 굴드
위대한 바흐가 창작하고 최고의 굴드가
번역하다.

쇼팽 〈왈츠 Op.69 No.1〉
상송 프랑수아
분명 소리만 듣고 있는데도 색채가
느껴지는 공감각적 연주.

브람스 〈피아노 협주곡 2번〉
그리고리 소콜로프
최악의 음질로도 가려지지 않는
소콜로프의 초인적 타건.

브람스 〈인터메조 Op.119 No.1〉
그리고리 소콜로프
북극성을 바라보며 신에게 드리는
간절한 기도.

슈만 〈피아노 협주곡〉
빌헬름 켐프
80대 노신사의 손끝에서 표현되는
청년의 서정성.

라흐마니노프 〈피아노 협주곡 3번〉
블라디미르 호로비츠
1943년 당시 마흔이었던 최전성기
호로비츠의 비현실적 테크닉.

**피아노 곡은 아니지만,
취향 제대로 저격당한 곡**

베를리오즈 〈환상교향곡〉
정명훈 지휘 / 라디오 프랑스
필하모닉 오케스트라
베를리오즈는 현대에 태어났으면 분명
데스메탈을 했을 것이다.

세자르 프랑크 〈바이올린 소나타
A장조〉
바이올린: 다비드 오이스트라흐 /
피아노: 스비아토슬라프 리히터
4악장 바이올린과 피아노의 불꽃 튀는
캐논은 절륜하기 이를 데 없다.

모차르트 교향곡 41번 〈주피터〉
카를 뵘 지휘 / 빈 필하모닉
오케스트라
특히 4악장 푸가는 교향곡 역사에 길이
남을 기념비적 작품이다.

바흐 〈미사곡 B단조〉
칼 리히터 지휘 / 뮌헨 바흐
오케스트라
인류에게 단 한 곡만 남기고 음악이
사라져야 한다면, 이것을 선택하겠다.